목포

근대문화유산의 보고인 목포에 이 시집을 바친다.

목포

김재석 시집

문학들

시인의 말

가을비 내리던 어느 날 구 동양척식주식회사 건물인 목포근대역사관에 갔었다. 사진 속 풍경들이 내게 들려주는 이야기를 귀담아들으며 일제강점기 우리 민족이 겪은 수난에 대하여 많은 것을 생각하였다. 대륙침략의 전초기지로 이용당한 대한제국의 슬픈 운명에 마음이 착잡하였다. 더불어 나라의 운명이 그리되도록 권력투쟁에 정신이 팔렸던 지도자들의 처신에 한숨이 나왔다.

빗속에 목포근대역사관을 나오면서 오랫동안 목포에 살면서도 너무 목포를 몰랐다는 생각이 들었다. 목포근대역사관 근처가 바로 일본인 거주지였던 혼마치, 나카마치, 사꾸라마치였던 것이다. 수탈의 본거지인 구 목포일본영사관이 가을비 내리는 구 일본인 거리를 내려다보고 있었다. 광복 이후 목포시청, 목포시립도서관이 자리 잡고 있다가 나중에 박화성 문학관과 목포문화원으로 이용되기도 한 구 일본영사관은 이제 역사의 뒷전에서 회한에 젖어 있는 것이다.

다도해를 거느리고 있는 목포는 알다시피 국도 1·2호선의 기점이며 호남선의 종착역이다. 이곳은 일제하 목포제유공장 노동자 파업을 비롯하여 근대노동조합의 효시가 된 목포부두 노동자 투쟁이 있었던 곳이다. 또 암태도 소작인들이 배 타고

와 소작료 인하 투쟁을 벌임으로써 근대 농민운동의 시발점이 된 곳이기도 하다. 그리고 천주교와 개신교의 외국 선교사들이 호남지역에 최초로 들어와 선교를 하면서 교육과 의료 사업을 펼쳤던 곳이다.

목포근대역사관을 다녀온 뒤에 주말이면 근대가 낳은 유산들이 지금도 옛 모습 그대로 더러는 수척한 모습으로 남아 있는 목포의 구석구석을 돌아다녔다. 불종대거리, 만인계터, 아리랑고개, 보리마당을 비롯하여 유달산 장수바위와 노적봉 그리고 목포진을 만났다. 양동교회, 산정동성당, 보은정사를 다녀왔으며 갓바위 예술의 거리에 있는 목포문학관, 자연사박물관, 문예역사관, 국립해양문화재연구소를 탐방하였다. 더불어 목포의 근대문화유산, 고아원, 역사 유적지를 살펴보고 틈나는 대로 이를 시로 옮겼다.

'근대문화유산' 과 갓바위 '예술의 거리' 의 관청들, 유달산에 남아 있는 일제의 잔재 유물들을 시로 옮기는 일은 만만치 않았다. 자칫 잘못하면 신파조로 떨어질 수 있는 작업을 문학적 상상력으로 형상화시켜야 했다. 일제의 잔재인 '근대문화유산' 들을 보존해야 하는 이유를 시로 형상화하는 일은 지난 역사의 현장을 되돌아보는 소중한 시간이었다.

이 시집은 서남쪽 끝 항구인 목포라는 도시의 거의 모든 문화유산과 자연 그리고 역사를 시로 쓴 것이다. 단 한 편의 시도 목포 아닌 것이 없으니 이 시집을 통하여 독자들은 목포의 과거와 현재를 동시에 만나게 될 것이다. 특히 젊은 세대들은 목포가 이렇게 많은 근대문화유산을 본의 아니게 상속받은 사실을 몰랐다는 것에 놀랄 것이다. 나 역시 거의 삼십 년을 목포에 살았으면서도 목포가 걸어 온 길에 무지하였으니 말이다.

이 시집이 세상에 얼굴 내밀 때까지 목포시청 관광과 장일례 주무관님, 목포근대역사관 김문심 문화관광해설사님을 비롯한 『목포의 역사와 이야기 100선』의 이준곤, 조상현, 최성환 교수님 그리고 『근대도시 목포의 역사 공간 문화』의 고석규 교수님께 많은 은혜를 입었다. 그분들이 있었기에 이 시집의 산고가 그만큼 덜했던 것이다. 끝으로 나를 낳은 '강진' 과 나를 키운 '목포' 에 감사하며 이 글을 맺는다.

2011년 봄

사족 : 출간이 한참 늦어진 바람에 처음 111편이었던 시가 138편으로 늘어났다. 늘어난 시들이 이 시집의 품격을 떨어뜨릴 수도 있다는 생각이 든다. 근대문화유산의 보고인 목포의 현재와 과거에 대한 스토리텔링이라고 할 수 있는 이 시집에 대하여 문학성 운운하는 이들도 있을 것이다. 그런 매를 달게 받을 것이다. 나에게는 그럴 수가 없는 것이 그들에게는 그럴 수가 있는 것이 세상이라는 것을 배운 시간이었다. 가차없는 세상에 이 시집을 던진다.

2012년 가을
북항의 파란모자 풍차등대 옆 벤치에서
김재석 삼가

차례

제2부

제3부

제4부

제1부

구 목포일본영사관

목포

– 서시

멀리는 가거도에서
가까이는 압해도까지
그 많고 많은 섬들 챙기느라
제 몸 돌보는 일은 소홀했지

영암, 나주, 영산포, 무안, 함평
강진, 장흥, 해남, 진도
이웃들 서운치 않게 하느라
애썼지

영육에 상처를
시간이 다 치료하기도 전에
또다시 상처가 덧나도
내색하지 않았지

제국의 말발굽 아래
한때 오점이 없었던 건 아니지만
누군가는 살아남아야

큰일 할 수 있었지

치욕, 치욕마저 이겨내고
결국은 이 나라를
한차례 짊어지고 나가지 않았나,
누가 뭐래도

멀리는 가거도에서
가까이는 압해도까지
그 많은 섬들 뒷바라지하느라
제 몸 돌보는 일은 소홀했지

목포근대역사관

– 가을비

비가 내리면
새 떼가 나무숲으로 스며들듯
전신이 동양척식주식회사인
목포근대역사관으로 스며든다

발걸음
옮길 때마다
나를 주시하는 사진 속의
풍경들

근대라는 미명 아래
수탈의 전초기지로
마지못해 나선
목포

태양 문신을 한
일제에 능욕 당하는
조선인들의

핏빛 아우성

일제의 속을
뻔히 들여다보면서도
기만당하는
대한제국

조국을 찾으려다가 골목으로, 골목으로
일경의 호루라기에 쫓기는
후다닥,
후다닥

문득, 역사의 '사실들' 은
역사가들이 선택한 것일 뿐이라며
나의 뒤통수를 때리는
E. H. 카

역사란 현재와 과거의 끊임없는 대화라는

그의 말을 생각하며
목포근대역사관을 나오는데
가을비가 울먹인다

구 목포일본영사관

– 가을비

제국의 불빛 꺼진 지 오래됐지. 세월을 이기지 못한 것 말고는 반성하는 기미 하나 없이 부유하는 말들로 추억을 요리하고 있어야. 전횡을 부리던 알맹이들이 모두 다 빠져나가고 수척한 껍데기만 남았기에. 만날 때마다 한 번 쥐어박고 싶은 적벽돌이 가을비에 오히려 기운을 차려야. 마당에 나뭇잎들이 이날 이때까지 붙든 햇살은 가을비에 뒷걸음치고.

계단을 올라가면 따라붙는 삐그덕, 삐그덕 소리를 누구도 따돌리지 못해야. 살아 있는 것들은 밟히면 신음하기 마련이지. 들어설 때마다 한 번 꼬집고 싶은 내벽이 힘이 하나도 없어 보이니 일별할 생각이 사라지지. 이미 맘대로 하라고 자포자기한 것들을 안에까지 쫓아와 애써 닦달할 필요가 뭐가 있겠나. 가을비도 할 일이 무척 많은데.

* 구 목포일본영사관 : 목포 개항 이후 일본이 영사 업무를 보기 위해 1900년 1월에 착공하여 동년 12월에 완공하였다. (목포시 대의동 2가 1–5)

구 목포일본영사관 방공호

동굴하면
프시케가 떠오르고
플라톤이 떠오르건만
방공호라니

피신하기 위하여
동굴을 판 것은
그야말로 비극이지,
도둑들의 소굴이기도 한

남의 나라 짓밟지 않았으면
대륙을 넘보지 않았으면
두 다리 뻗고
그야말로 편히 살 것을

소나기 포탄은 피하고 봐야 하나
조선을 등친 놈들이 지그 숨으려고
우리 동포 고생시킨 것이

분해서 하는 말이여

* 구 목포일본영사관 방공호 : 구 목포일본영사관 건물 뒤에 있다.
* 프시케 : '동굴의 여신'이다.
* 플라톤 : 플라톤은 대화편(국가) 제7권에서 '동굴의 비유'에 관하여 이야기 하고 있다.
* 동굴의 비유 : 동굴 속에 묶인 채 뒤돌아보지도 못하고 사는 사람들은 앞에 있는 그림자가 전부이고 실체인 줄 알고 산다는 비유이다.

목포진선정비

만호 방대령 선정비가
수군 절도사 선정비가
뭔 죄가 있다고
생피가 도는 산목숨을 땅에 묻었단가

두 선정비가
궁휼한 백성들과 군졸들에게
진휼을 베풀어
그 은덕을 기리기 위한 것이거늘

선정비를 땅에 묻으면
조선의 기력이 빠지리라 생각했나,
조선이 살아나야
자기들도 살아난다 생각해야지

비록 적일지라도
선한 만호이고, 선한 절도사이거늘
그들의 원혼이 가만히 있겠나,

자기들을 해한 자를

* 목포진선정비木浦鎭善政碑 : 구 일본영사관 가는 길목에 있다. 일제강점
기 일본영사관 뒤뜰에 묻어버린 것을 광복 후 발견하여 현 위치에 세워
놓았다.

국도 1·2호선 출발 기점

여기가
한반도라는 컴퍼스의 중심이다
대륙으로,
바다로

대륙으로는
두만강, 신의주까지
바다로는
중국의 상해까지

컴퍼스의 중심이
기준을 잘 잡아야
한반도가
똑바로 선다

다들 힘내라
한쪽 귀퉁이라
기죽지 말고

여기가 바로 중심이다

팔굉일우八紘一宇

문자 속은 기특하지
남의 나라 통째로 먹으려고
연구 많이 했어
회남자淮南子 추형墜形과
열자列子 탕문湯問에 얼굴 내민
'팔굉八紘' 까지 동원한 것 보면
보통 놈들이 아니지
남의 나라 명당에 쇠말뚝 박는
해코지의 달인들이
대동아공영권 정당화하는 임무를
팔굉일우에게 맡긴 것 보면
뻔뻔해도 보통 뻔뻔한 놈들이 아니라고
패망한 뒤 그 급한 가운데도
팔굉일우 땅속에 모셔 놓고
달아나다니
다시 일어날 생각으로
그리한 게 분명하니
절대 방심 말아야지

네 죄를 네가 알렸다,

어서 이실직고하라 해도

입 단단히 봉하고 있는

저놈의 팔굉일우

제 몸에다 제 소신을

문신보다 더 진하게 밝혀놨으니

사실 더 추궁할 것도 없지

입이 열 개라도 말 못 할

비열한 놈들의

염색체 염기서열이

우리와 가장 가깝다니

속상할 일이지

* 팔굉일우八紘一宇 : 목포여자중학교 운동장 토취 공사 중 국기게양대 앞
  에서 '팔굉일우'가 발견됐다. 팔굉일우는 고노에 후미마로 총리가 1940년
  시정방침 연설에서 "황국의 국시는 팔굉을 일우하는(전 세계를 하나의 집
  으로 만드는) 국가의 정신에 근거한다."고 말한 데서 유래되었으며 제국주
  의 일본의 침략을 합리화하기 위해 내세운 구호였다. 이 비석 앞면에는
  '팔굉일우 육군대장 남차랑서八紘一宇 陸軍大將 南次郞書', 뒷면에는 '황
  기이천육백년 소화십오년시월이십칠일 건설皇紀二千六百年 昭和十五年十
  月二十七日 建設'이라는 문구가 새겨져 있다. 현재 팔굉일우는 목포근대
  역사관에 갇혀 있다.

사월혁명학생기념비

— 목포근대역사관에서

목포근대역사관 뜰에 주차하다
누가 날 부르기에 돌아보니
사월혁명학생기념비이더라
그 소박한 기념비가
목포 출신 사망자 채광석, 김부연
부상자 고종채라고 알려주더라
철옹성인 이승만 독재를 무너뜨리는 데
유달산이 낳은 자식들이 한몫했다며
자랑스럽긴 하지만 아깝다더라
이승만은 물러가라,
이승만은 물러가라
함성 소리 지금도 들려온다고
내게 더 가까이 와 들어보라더라
채광석, 김부연, 고종채에 대하여
여러 가지 묻고 싶어도
시종 눈물 글썽글썽한 기념비를 보니
상처가 덧날까 봐
물어볼 엄두가 나지 않더라

소나무 세 그루와 철쭉에게
그 소박한 기념비의
말동무가 돼 주길 부탁하며
돌아서는 내 발길이 가볍지 않더라

* 사월혁명학생기념비 : 목포근대역사관 뒤뜰에 있다.

고하도 조선육지면발상비

사람이 배나면 못할 짓이 없다는 걸
깨닫게 해 주다니
왜놈들 물러나니 분풀이할 게 뭐가 있나
코피 터지게 두드려 맞아
상처가 무성하다만
목숨까지 앗아가지 않은 건
조선 사람들이 모질지 못해서지
수탈당한 목화를 생각하면
마음이 찢어지지만
더한 미국 남부 흑인노예들 생각하며
마음을 다스려야지
돌려받지도 못할 목화 때문에
조선육지면발상비만
얼굴이 못 쓰게 되어부렀다만
이 정도가 적당하지
그냥 놔둬도 안 되고
그렇다고 아주 끝장내도 안 되니
이 정도가 가장 좋은 것 아닌가

왜놈들에게 물건 다 대주고
돈 못 받은 학원이란 사람도 있는데
저놈의 글씨는 왜놈이어도
저 비는 겁탈 당한 우리 몸이 아닌지
이제라도 확인해 봐야겠어,
우리가 뭘 잘못하고 있는 건 아닌가

* 고하도 조선육지면발상비 : 육지면 재배의 시작을 알리기 위해 1936년에
  세웠다. 비석 뒤에 '명치 37년(1904)에 목포주재 대일본 제국 영사 약송
  토삼량若松兎三郎이 고하도에서 처음으로 육지면 재배를 시작했다' 라는
  내용이 적혀 있다. (달동 산230번지)

구 호남은행 목포지점

우리가 민족, 민족 하는데
고삐 매인 일제강점기에
민족 자본의 산실인
호남은행 목포지점을 기억하는지

일본계 은행인
조선은행, 주식회사 십팔은행
주식회사 식산은행이 종횡 무진할 때
호남은행 목포지점이 태어났지

돌에 음각된
주식회사 호남은행 목포지점이란 상호의
포浦자 우측 상단 ˋ1획이 누락된
사연이 눈물겨워

일제로부터 우리가 독립하면 찍겠다,
목포지점이 자리 잡고 번창하면 찍겠다
지금도 그 자리가 비어 있는데

언제 누가 찍을라나

* 구 호남은행 목포지점 : 1920년 10월 2일 현준호가 설립한 순수 민족자
본 은행이다. 조흥은행이었다가 다시 신한은행이었다가 지금은 목포문화
원으로 이용되고 있다.

구 목포청년회관

눈길 속에 물어물어 찾아왔건만
입을 굳게 봉하고
말문을 열지 않는 것은
나를 왜놈 밀정 정도로 생각하는 거지
이렇게 외진 곳에 숨어 있다시피 한
네가 『조선청년』을 발행하고
민족운동에 앞장을 섰다지
열변으로 대중들을 사로잡은
목포 무산청년회의 배치문도,
청년운동과 독립운동을 한 설준석도
네가 낳고 키웠다며
주변을 둘러봐도 네가 지닌 것이라곤
오직 초라한 네 몸뿐이니
내 가슴이 무너질 수밖에
네 몸과 인도 사이, 눈을 뒤집어쓴
키 작은 뽀리뱅이마저
내 눈에 들키지 않으려 숨을 죽이다니
네 몸에 내 볼을 부비고 싶어도

네 어깨를 또닥여 주고 싶어도
끝까지 경계를 늦추지 않으니
네 앞에 무릎 끓고 울고 싶구나,
나를 믿어달라고

* 구 목포청년회관 : 목포 근대문화유산 중의 하나로 일제강점기 민족운동
의 산실이었다. 목포의 대부분의 근대문화유산이 일본인들의 식민정책을
위해 세워진데 반해 구 목포청년회관은 민족계몽운동을 위하여 목포 사
람들의 모금운동을 통해 세워졌다. (목포시 남교동 80-1)

목포의 눈물 노래비

내 나라에서
부르고 싶은 대로
노래를 부르지 못하고
눈치를 봐 가면서 불러야 했지
'삼백년 원한품은' 인 것을
'三白淵 願安風' 으로 불러야 했으니
다들 얼마나 가슴이 답답했겠어
답답함을 넘어
가슴이 미어지고 미어졌겠지
다들 물러간 지 오래이건만
지금도 '三白淵 願安風' 으로
부르는 이들이 있어
이제는 원안대로
'삼백년 원한품은' 으로
맘껏 노래를 부르고 불러
옛날에 잘못 부른 것까지
부르고 불러
이곳 유달산에서 부르는 소리가

현해탄 건너 대마도 지나
일본 본토에 다다르도록
부르고 불러

* 목포의 눈물 노래비 : 유달산 등산로 달선각 아래 있다. 하단에 "살아있
는 보석은 눈물입니다. 남쪽하늘 아래 꿈과 사랑의 열매를 여기 심습니
다. 이난영의 노래가 문일석 가사 손목인 작곡으로 여기 청호의 넋처럼
빛나고 있습니다."라고 쓰여 있다.
* 목포의 눈물 : 1934년 문일석이 조선일보 향토 노래 가사에 원제목 '목
포의 노래'를 응모하여 당선하였다. 일제의 검열을 피하기 위하여 부분
적으로 가사를 수정하여 음반으로 발표하였다.

구 송도신사

남의 나라 땅에 게다 신고 와
소나무 뽑아낸 자리에
벚나무 심으면 영원할 줄 알았나

힘으로 남의 집 대문 열고
안방 차지하고,
주인을 머슴방으로 몰아냈어

도대체 누굴 믿고 그리 날뛰며
중국과 러시아, 미국의
뒤통수까지 때렸는가 궁금했지

그 덩치 작은 설국의 무리들을
누가 밀어주나 했더니
바로 신사, 신사더라고

못된 짓은 많이 하였지만
사무라이의 원조가

싸울아비라는데 그 말 믿어야 하나

* 구 송도신사松島神社 : 신사는 일제침탈의 상징으로 조선인들에게 강제
로 참배를 하게 했던 곳이다. (목포시 동명동 1번지) 송도신사를 오르는
계단이 77계단이다.

구 동본원사

비록 왜놈의 씨이긴 하지만
팔작지붕으로 태어난 너를 보면
중생들을 싣고
피안을 넘는 반야용선이 떠올라야

'천상천하유아독존' 의 가르침을 전하며
무수한 중생들
극락정토에 보내느라
애쓴 것은 사실이지

어느 날 개종을 하여
'수고하고 무거운 짐 진 자들아
다 내게로 오라' 의
가르침을 전하더니

저 높은 곳을 향하여
날마다 나아가더니
이제는 그 일도 놓아버리고

모든 이들의 안식처를 자처하다니

* 구 동본원사東本願寺 : 목포에 진출한 일본 불교사원이다.
* 반야용선般若龍船 : 어지러운 세상을 넘어 피안의 극락정토에 갈 때 탄다
  는 배이다. 반야般若란 모든 미혹迷惑을 끊고 진정한 깨달음을 얻는 힘이
  나 모든 법을 통달하여 옳고 그름을 분별하는 마음의 작용을 뜻한다.

사진으로 만난 왕자회사 굴뚝

박종길 저,
『목포, 우리들의 고향』사진집 보다가
푸른 하늘을 찌를 듯이 서 있는
왕자회사 굴뚝을 만났지
조선의 후예들이
아무 생각 없이 뛰어노는
유달 경기장 자리에
왕자제지 목포공장이 있었대
실제로는 무기를 생산할 계획이었으나
전쟁이 끝나 폐기처분이 되었다지
이열 종대라 해야 할까,
오열 횡대라 해야 할까
부동자세로 서 있는 굴뚝이
군인정신이 똑바로 박힌 것 같지
잊지 말아야지,
잊지 말아야지 하면서도
다들 잊고 있다고
왕자제지 목포공장, 저놈의 굴뚝이

조선 하늘을 능욕한 것을
태평양 전쟁이 깊어지면서
놋쇠 밥그릇, 수저까지 공출한 일제가
제지회사 간판 걸어놓고
군수물자 만들어 내려는 위장 회사였지
유달 경기장에 바닷물처럼 드나드는
누구나에게 반드시 가르쳐야지
이 자리에 뻔뻔스럽게 서 있던
조선 하늘 능욕한 굴뚝들에 대하여
가르쳐야 한다고,
힘없으면
하늘도 빼앗긴다는 것을

* 왕자제지 목포공장 : 일명 '왕자회사'로 현 유달경기장 자리에 있었다.

데라우치 총독각하 초도순시 기념식수비

군산동 수원지,
벚나무 동산으로 소풍가면
저수지 아래 배수지 입구 정문 근처에
서 있었지

'데라우치 총독각하 초도순시 기념식수비'

너무 오래 전 일이라
기억이 가물가물하나
벚나무를 심지 않았을까

이것만 보이면 그놈들이
조선을 등친 것
오리발 못 내밀겠지, 생각했는데
누군가가 꼬굴쳐버렸어

'나무 중에서 가장 사랑스러운 나무' 라고
이국의 시인이 노래한 벚나무는

백 년을 못 버티고
다 고사목이 되었지

조선을 등친 것
오리발 내밀지 못하게
딱 눈앞에 보여주고 싶은데
그 비를 어디 가서 찾지

* 데라우치 총독각하 초도순시 기념식수비 : 군상동 수원지 배수지 입구
  정문 근처에 있었으나 지금은 사라지고 없다.

충순 구종명 불망비

사람이
세상에 나와
몇 사람이나 살리고
몇 사람이나 죽이고 가는가

뭔 말인고 하니
우리의 손과 혀가
사람을 살리고
사람을 죽이는 것을 말하지

일제하
충순 구종명,
그의 손과 혀가 방패가 되어
조선인들을 살려냈다지

지난 일은 문대 버리고
남은 생애
나의 손과 혀를

사람을 살리는 일에만 써야지

* 총순 구종명 불망비總巡 具鐘鳴 不忘碑 : 목포시 죽동 초원빌라 담장 왼
  편 모서리에 총순 구종명을 기리는 비가 있다. 구종명은 일제강점기 경
  무서 소속 경찰로 조선인의 권익을 위해 앞장섰던 인물이다.

목포문화예술회관

'빵만으로 살 수 없다' 는 말이
축 못 쓰는
기막힌 세상이지

정리해고니, 구조조정이니,
비정규직이니 하는
말들이 판치고부터야

예술은 삶을 잃지 않고
삶은 예술을 잃지 않는
아트피아가 나의 소망이거늘

삶이
예술에게 등 돌리는 것은
예술이 초심을 잃었기 때문이지

'빵만으로 살 수 없다' 는 말이
주인 노릇하는

세상이 언제나 올까

* 목포문화예술회관 : 갓바위 예술의 거리에 있다.

제2 개항 선언 상징 기념탑

누구든 다 채우고 나면
안주하지 않고 다시 시작해야지
새 술을 새 부대에 담듯
마음을 새로이 하고
다시 시작해야지
지난 백 년을 주춧돌 삼아
새로운 백 년의 도약을 기약하며
다섯 젊은이들이
웅비의 날개를 펼치는 것 봐
오대양을 각각 하나씩 맡으려는지
다섯이서 함께 지혜를 모아
오대양을 차례로 접수하려는지
지혜와 용기의 닻을 드높이 올리고
꿈과 희망의 뱃머리를 사방으로
힘차게 비상하는
젊은이들의 몸짓을 봐
천둥 번개에도 기죽지 않는 그들이
비바람에 물러날 리 만무하지

지혜가 없는 용기는 만용이고
용기가 없는 지혜는 꿈을 상실한 것이니
지혜와 용기가 한 몸인
푸른 꿈의 닻을 드높이 올려야지
무엇이든 다 채우고 나면
안주하지 않고 다시 시작해야지

* 제2 개항 선언 상징 기념탑 : 갓바위 예술의 거리에 있다.

문예역사관

무엇이든 반열에 오른 사람만
그걸로 살았다 할 수 있는 것은 아니나
펜이, 그림이, 노래가
반열에 오르는 것이 쉬운 일은 아니지
그중에 펜이 어두운 밤길을 걸어야 했으니
밥이 되지 않는 펜들이 함께 모여
먼 나라의 까뮈를 추모하고
애매모호한, 샤뮤엘 베케트의
『고도를 기다리며』까지 공연하였으니
훗날 문림을 제패할 걸쭉한
펜들이 나오지 않을 수 없었지
그에 앞서 호남평론, 갈매기, 전우, 시정신,
산문시대가 펜들의 잠을 설치게 했지
김우진, 김진섭, 박화성, 차범석, 김현,
김지하, 최하림을 반열에 오르게 한 당사자들이
바로 그들이 아니고 누구겠어
그들이 펜들의 탯줄이고, 젖줄이었지
그보다 더 앞서 목포사론협회木浦社論協會와

문학동인회 "Société Mai",
조선 프롤레타리아 예술동맹 목포지부가
펜들이 노래할 장을 마련해 주었지
무엇이든 반열에 오른 사람만
그걸로 살았다 할 수 있는 것은 아니나
반열에 오른 이도, 오르지 않은 이도
문예역사의 수레바퀴를 굴리는데
한몫을 한다고 봐야겠지

* 문예역사관 : 갓바위 예술의 거리에 있다.
* 목포사론협회 : 목포 유지들의 발기로 1923년 6월 19일 발기하여 6월
  25일 제1회 임시총회를 거쳐 만들어진 단체이다.
* 문학동인회 Société Mai : 김우진을 중심으로 목포지역 문학도들이
  1925년 5월 발족했으나 구체적인 활동 상황을 알 수가 없다.
* 조선프로레타리아 예술동맹 목포지부 : 1928년 12월 목포청년동맹회관에
  서 조선프로레타리아 예술동맹 목포지부 설립 대회가 열렸다.
* Société Mai : 5월회라는 뜻이다. (1925년 5월에 발족된 목포의 문학동
  인회다.)

목포문학관

존재의 집인
언어로 금자탑을 세운 이들이
똬리 틀고 계시지
쟁강쟁강 붓칼 하나로
시대와의 불화를 막아내며
예술이라는 그릇에
시간을 담아냈지
누구는 삶과 죽음을 통달하여
죽음을 앞당기기도 했지
다들 생을 마치는 방법은 달라도
한 가지 분명한 것은
언어의 금자탑을 세웠다는 것이지
아무리 흔들어도
불도저로 밀어도
무너지지 않을 언어의
금자탑, 그 금자탑을
아무나 세울 수 있는 것은 아니지
언어에 살고

언어에 죽을 수 있는 자들만이
금자탑을 세울 수 있지
한없이 외롭고도
한없이 쓸쓸한 날들을
홀로 붓칼을 갈아온 이들이
이곳에 똬리 틀고 계시지

* 목포문학관 : 갓바위 예술의 거리에 있다. 김우진, 박화성, 차범석 세 분
  의 기념관을 한자리에 모아 놓은 곳이다.

목포자연사박물관

하늘과 땅과 바다가
내통하여 낳은 과거들이
박제된 채 나를 기다리고 있다니

포부도 당당한 현재인 내가
발걸음을 옮길 때마다
내게 질세라, 불쑥불쑥
얼굴을 내미는 과거들

하늘은 날개깃을 활짝 펴고
땅은 팔다리의 근육에 힘을 주고
바다는 나마저 삼키려 들고

때론 숫기 없는 과거들이
고개를 숙이지만
불만이 많은 과거들이
나를 애써 외면하기도 하지만

내가 없으면
하늘과 땅과 바다도 증발하고
하늘과 땅과 바다가 증발하면
시간도 없는 것을

하늘과 땅과 바다가
내통하여 낳은 과거가
현재인 나를 유혹해
튼튼한 뭔가를 낳을 생각을 하다니

* 목포자연사박물관 : 갓바위 예술의 거리에 있다.

목포생활도자박물관

‘실사구시’란 말과 ‘이용후생’이란 말이
날 붙들고 놓아주지 않는 것은
세상의 모든 것이
뭔가를 위해서 태어나기 때문이지

화병에서 요강에 이르기까지
술병에서 장군에 이르기까지
촛대에서 굴뚝에 이르기까지
다들 뭔가를 위해서 태어난다고

그냥 우연히 태어나는 것이 아니라
불과 공기와 흙과 물, 사원소가
함께 생각을 모아
그들을 세상에 내보낸다고

사원소 중 하나라도 생각을 달리하면
몸이 뒤틀리어
세상에 얼굴 내밀기 힘들겠지,

얼굴 내민다 하더라도 대우받겠나

* 목포생활도자박물관 : 갓바위 예술의 거리에 있다.

국립해양문화재연구소

바다라는 신비한 캡슐의 안팎을
맨눈으로 때론 물안경으로
두 눈에 불 켜고 들여다보면
바다가 모든 것을 보여줄까
바다는 우리가 두드리지 않으면
아무것도 보여주지 않고
오직 우리를 삼키려 들지
포세이돈이 삼지창을 들고
바다를 지키고 있으니
제물로 그의 마음을 사지 않고는
삼지창을 피할 수가 없어
제물로 마음을 한 차례 산다고 해도
변덕이 너무도 심한 포세이돈을
계속 구어 삶을 수는 없지
포세이돈의 삼지창에도 불구하고
바다라는 신비한 캡슐의 안팎을
두 눈에 불을 켜고 들여다보는 이들이 있지
두드리지 않으면

아무 문도 열어주지 않는 바다의
문을 줄곧 두드리며
바다의 신, 포세이돈이
꼭꼭 숨겨놓은 것을 찾아내고 있지
바다의 사관이 되어
우리의 눈이 다다르지 않는 곳의 삶을
낱낱이 기록하고
그곳에 묻힌 것들을 길어 올려
보여주고 있다고

* 목포해양문화재연구소 : 갓바위 예술의 거리에 있다.

남농기념관

배산임수의
명당을 차지하고
가부좌 틀고 있는 모습이
한 채의 절이여

대웅보전이
극락보전이
어디 따로 있나,
탑도 함께하고 있잖아

문득 운림산방의
축소판이 아니냐는
나의 생각을 읽고
낯빛이 달라지다니

운림산방은
운림산방이고,
남농기념관은

남농기념관이지

생각이 바뀐
나의 생각을 읽고
어느새
낯빛이 돌아오다니

배산임수의
명당을 차지하고
생각에 잠겨 있는 모습이
한 채의 절이여

* 남농기념관南農記念館 : 한국 남종화의 거장이자 운림산방 3대 주인 남
  농 허건이 1985년 5월 선대의 유물 보존과 한국 남화의 전통과 계승발
  전을 위하여 건립한 미술관이다. 갓바위 예술의 거리에 있다.
* 운림산방雲林山房 : 조선 후기 남종화의 대가이던 허유(1807~1890)가
  철종 8년(1857)에 지었다. 본채와 사랑채인 화실, 신축된 유물보존각 건
  물과 연못이 있다.

옥장 목포중요무형문화재 전수교육관

돌의 왕이라 칭하기에는
1% 부족해서
玉이라 칭했는가

너무 완벽하면
남들이 눈독 들일까 봐
일부러 점찍어 흠을 냈을까

그 잘난 玉도 땅에 잠들어 있으면
그만인 것을
잠 깨워 생명을 불어 넣어 주다니

玉 속에 갇혀 있는
봉황, 해태, 龍,
연화를 불러내 풀어주었어

그대로 놔두면
돌덩이나 다름없는 것에

꼭꼭 숨어 있는 것들을 찾아내다니

못 찾겠다, 꾀꼴꾀꼴하지 않고
머리카락 하나 보이지 않는 것들을
찾아내는 법을 가르치다니

* 옥장玉匠 : 목포가 낳은 옥공예 인간문화재 장주원 선생을 일컫는다.
* 목포중요무형문화재 전수교육관 : 갓바위 예술의 거리에 있다.

도서문화연구원

    - 섬, 인문학

강물에 쏟아지는
해와 달,
별빛을 챙기기도
쉬운 일이 아닌데

바다에 쏟아지는
해와 달,
별빛까지 다 챙기려
발 벗고 나서다니

다행히
저리 바다는 출렁여도
해와 달, 별빛은
따라하지 않지

바다에 쏟아지는
해와 달,
별빛의 일부만 챙겨도

큰일을 다한 셈인데

* 도서문화 연구원 : 국립 목포대학교 내에 있다.

목포항

다도해의 꽃봉오리인 섬들을
세상 곳곳으로 데려가는구나

하의, 장산, 비금, 도초, 안좌, 암태, 신의,
압해, 자은, 임자, 지도, 팔금, 증도, 흑산

바다가
섬섬玉섬 낳은 섬들을 세상에 내보내고
잠 못 이루는 것을
누구보다 잘 알지

세상 곳곳으로 나간 꽃봉오리인 섬들을
다도해로 데려오는구나

하의, 장산, 비금, 도초, 안좌, 암태, 신의,
압해, 자은, 임자, 지도, 팔금, 증도, 흑산

바다가 낳은 올망졸망 작은 섬들이

무사히 귀환할 때까지
마음 놓지 못하는 것을
누구보다 잘 알지

날마다 눈에 띄지 않게
데려가고,
데려오는구나

구 목포구등대의 전언

제국의 불빛이자
근대의 불빛이었던 나를
야누스의 두 불빛이었다고 경멸해도
변명하지 않겠어,
그건 어디까지나 사실이니
시아바다의 사관이었던 내가 은퇴하였으니
아흔다섯 해 동안 기록을
한 장 한 장 넘기며
이제 조용히 회고록을 남길 작정이여
입을 봉해야 할 것이,
입을 봉하지 말아야 할 것이
어디에 따로 있으며
더해야 할 것이 또 덜어내야 할 것이
또 어디에 따로 있겠는가
오직 진실만을 남길 것이니
대한제국 말기인 1908년 1월에 임무를 맡아
2003년 12월에 은퇴하였으니
그 많은 사연들 하나하나 회고록으로 남기려면

남은 생애를 남김없이 쏟아 부어야지
화원반도와 달리도의 협수로를
하루에 두 차례 들고 나는
저 바다의 파고뿐만 아니라
기온, 수온, 운량, 풍향, 풍속, 시정을
기록으로 남겼지
그건 모두 다 자연의 일일뿐
시아바다를 오가는
모든 선박들의 온갖 사연들을
때론 선박들의 하소연을 다 들어 주었지
1950년 그해 여름 시아바다가 삼킨
보도연맹원들의 시체가
부줏머리 갯가에까지 이르렀다는
사연에는 여러 날 토하기까지 했었지
이젠 나의 낮과 밤이 바뀌어
생체 리듬이 정상화되는 데도
상당한 시일이 걸릴 것 같애
이제는 함께할 시간이 그리 많지 않은

나의 뒤를 이은 그대에게
시아바다의 사관으로서
임무를 소홀히 하지 말 것을
신신당부하는구만
청일전쟁에 이어 러일전쟁까지
승리한 일본제국주의의 유산인 나를
제국의 불빛이자 근대의 불빛,
야누스의 두 불빛이었다고 경멸해도
변명하지 않겠어,
그건 어디까지나 사실이니

* 목포구등대木浦口燈臺 : 전남 해남군 화원면 매월리에 있다.
* 제국의 불빛, 근대의 불빛 : 주강현은 『등대』라는 책에서 '등대'를 제국
  의 불빛, 근대의 풍경이라 일컫는다.

구 동양척식주식회사 금고

자식들,
진짜로 정교하게 지어놨어야
세상에 열리지 않을 금고가
어디 있다고

열려라 참깨,
열려라 참깨,
열려라 참깨, 하면
바로 열리는 것을

남의 나라 백성들
착취하고 수탈해 원망을 사면서
지그 나라 백성들
배불릴 생각하다니

자식들,
정말로 튼튼하게 지어놨어야
세상에 무너지지 않을 금고가
어디 있다고

파란모자 풍차등대

뒷개 갈매기들과
나누고 싶은 이야기가 있어
오랜만에 부두를 찾으니
뜬금없는 풍차가 모습을 내밀어야
여기는 분명히 갯내 나는
압해도와 눈빛을 주고받는
뒷개 부두인데 풍차라니
이곳이 사막이라면
신기루라 생각할 수 있건만
홀린 듯 부두를 따라가니
풍차도 긴 것이,
등대도 긴 것이
태양광 발전기로
업데이트 된 삶을 누리고 있잖아
먼 걸음을 한 나를
사랑의 자물쇠와 낙서판으로
따돌린 풍차등대
자신은 건너편 빨간모자 등대와

수화로 외로움을 달래야

풍차등대에 빠져

갈매기들과 이야기 나누는 것을

잊은 나에게

갈매기들이 뭐라, 뭐라 하는데

기분 좋은 소리는 아닌 것 같아야,

가히

* 풍차등대 : 목포 뒷개, 북항 부두 물양장에 소재하고 있다. 파란모자 풍
  차등대와 빨간모자 풍차등대 두 개가 마주보고 있다.

문학사 김우진묘

　– 초혼묘

조국 잃은 현해탄의 격랑을
다뉴브강의 잔물결로 착각한 것은 아닌지
연극인 생은 도입부가 지나면
왈츠가 흐르는 막도 나오는 것을

세상에 얼굴 내밀 때
울음을 터트리지 않은 생은
산목숨이 아니니,
눈물은 생의 동반자이자 후원자인 것을

'이광수류의 문학을 매장하라' 는
초성焦星을 꿈꾼 생이
어떤 생에게 그 일을 떠맡기고
죽음을 앞당겼다 말인가

웃는 꽃과 우는 새들의 운명이
모두 다 같은 것을 일찍 깨달은 생도
남은 막을 다 마무리하고

무대를 떠나야지

수산水山과 수선水仙이란 물과 하나인 생이
죽음을 앞당겨서는 안 된다는 것을
남은 생들에게 가르치려
죽음을 앞당긴 건가

* 문학사 김우진묘 : 무안군 청계면 월선리 몰뫼산에 있다.
* 초성焦星 : 김우진의 호이다. 니체의 『짜라투스트라는 이렇게 말했다』에
  서 태양을 가리키는 '불타는 별'의 의미로 지은 것이라 한다. 나중에는
  수산 水山을 사용하였다.
* 수선水仙 : 윤심덕의 호이다.

해군제3함대사령부

해군제3함대사령부가 수군진이라면
해군제3함대사령관은 이순신 장군이지
문무를 겸해
『난중일기』를 낳은

바다의 신, 포세이돈도
자나 깨나 오직 필승만을 외치는
해군제3함대를
함부로 대하지 않지

제우스도
피뢰침을 지닌 인간들에게
크게 힘 못 쓰는 세상이니
함부로 대하지 못한다 해야 맞지

클라리넷과 호른,
트럼펫 등으로 무장한
해군제3함대군악대가 떴다하면

바다도 오금이 저리지

바다에서만
힘을 쓰는 것이 아니라
공생원을 방문하여
이웃사랑의 정도 나누지

해군제3함대사령부가 수군진이라면
해군제3함대사령관은 이순신 장군이지
자신의 죽음을
적에게 알리지 마라한

* 해군제3함대사령부 : 영암군 삼호읍 용당리에 소재하고 있다.

목포지방해양항만청

옛날에 바다를 항해하는 사람들은
삼지창을 든 포세이돈에게
운명을 맡겨야 했지만 지금은 다르지
변덕스러운 포세이돈의 비위를
맞출 필요도 없이
이제는 우리의 지시만 잘 따르면 되지
바다의 소프트웨어인
안전과 치안은 해양경찰이 맡지만
그 밖의 일들은 우리가 다 맡는다 해도
과언이 아니지
파도의 난동으로부터
배들을 보호해 주는
바다의 하드웨어인 방파제를
낳은 이가 바로 우리라고
가까이는 목포구등대의
멀리는 가거도등대의 항로표지원들이
배들이 길 잃지 않게 하기 위해
외롭고 낮고 쓸쓸한 시간들과

어깨동무하고 있지
해상여객운송사업, 해상화물운송사업
선원들의 면허관리 및 안전
항만부두 개발 등 굵디굵은 사업들을
우리가 떠맡고 있지
바다가 그냥 돌아가는 게 아니지
우리가 손 떼면
변덕스런 포세이돈의 손에 넘어가지
지금도 우리의 손이 미치지 못하는 곳은
포세이돈의 눈치를 보아야 하지만
우리가 지켜보고 있는 곳은
포세이돈이 우리의 눈치를 보아야지,
오히려

* 항로표지원 : 우리가 말하는 '등대지기' 의 바른 명칭이다.

목포해양경찰서

뽈이 난
바다의 치안과 질서를
포세이돈에게만 맡길 수 없어
태어난 것이 바로 너지

포세이돈이
그냥 치안과 질서를
지켜주는 것도 아니고
인신까지 재물로 요구하였으니

공양미 삼백 석에 팔려간
심청이는 운이 좋아
왕비가 되고
애비의 눈을 뜨게 했지만

한 번 삼켰다 하면
절대로 살려 보낼 의사가
전혀 없는 이가

포세이돈이지

가까이는 천초 문순득이
멀리는 오디세이와 이노크 아든이
살아서 돌아왔지만
그것은 가뭄에 콩 나는 일이지

더 이상
바다의 치안과 질서를
포세이돈에게만 의지할 수 없어
태어난 것이 바로 너라고

전남개발공사

개발이라는 미명 아래
풀 한 포기,
나무 한 그루,
흙 한 줌
소홀히 다루어서는 안 된다는 것을
가슴에 새기고 있지

세존도와 동고동락하는 향일암 일출,
가거도 수평선에 걸려 파닥이는 감빛 노을,
가만히 있어서는 안 되는 순천만 갈대들,
청잣빛 하늘 아래 강진만 고니 떼,
유달산이 거느리는 다도해,
섬진강에 별들과 함께한 지리산
돈으로 살 수 없다는 것을
너무나 잘 알고 있지

미황사 가는 길에 눈인사하는 물봉선화,
월출산을 이정표 삼은 기러기 떼,

별빛에 취한 운주사 와불,
하산할 생각 않는 천관산 억새들,
생각 많아 잠 못 이루는 담양의 대숲,
정도리 바닷가 파도의 죽마고우 몽돌,
볼매단과 볼매수의 관매도,
주야로 소리하는 보성강,
이뭣고로 용맹정진하는 백양사
돈으로 환산할 수 없다는 것도
누구보다 더 잘 알고 있지

사람의 힘으론
풀 한 포기,
나무 한 그루,
흙 한 줌
낳을 수 없기에
함부로 다루어서는 안 된다는 것을
가슴에 깊이 새기고 있지

목포대교

북항에서 신항까지
바다 위에 저 악기를 설치하느라
땀을
몇 말 몇 되나 쏟았을까

한 해도 아니고
여러 해에 걸쳐 흘린 땀이
바다에 흘러들었기에 다행이지
강물이라면 수위가 달라지지

가야금도 아닌,
거문고도 아닌,
첼로도 아닌 저 악기로
현악 사중주를 하는 자들은

파도를 악보 삼아
낮에는 햇빛이
밤에는 달빛이, 별빛이

현악기를 만지는 것을

물속에 일렁이는 빛기둥도
야외무대인 바다의
오케스트라 단원인 것을,
밤마다 출연하는

북항에서 신항까지
바다 위에 저 악기를 설치하느라
땀을
몇 말 몇 되나 흘렸을까

제2부

유달산

유달산

오라는 곳 많아도
결코 이곳을 떠나지 않고
곧 죽어도 이곳에서 버티겠다고
뿌리를 깊숙이 내린 것은
저놈의 웅크린 산 때문이다

먼 데 산들의
구차한 말 다 들어주고
자기를 모함하는 산들에게도
변명 한마디 하지 않고
웅크리고 있는 저놈의 산 때문이다

수다를 떠는 이 산 저 산들이
시비를 걸어 부아가 치밀어도
아무런 내색하지 않고
사사로운 일에 부화뇌동하지 않고
잔뜩 웅크리고 있는 저놈의 산!

오라는 곳 많아도
이곳에서 뿌리를 거두지 않는 것은
다도해를 면경 삼은 저놈의 산이
멀리 뛰는 걸 기어코 보고
눈을 감아야겠기 때문이다

눈 내리는 유달산

성깔이 있어 보이는 유달산이
눈을 유달리 좋아하는 것을 보면
다들 알다가도 모를 일이라지만
나는 너무도 잘 알지

유달산의 그 많은 기암괴석들
일등바위, 이등바위, 삼등바위
등수 따질 것 없이
한 이불 덮고 잘 수 있는 때가 아닌가

바위들이 바위를 낳아 일가를 이룬
기암괴석들이 발가락 나오지 않게
한 이불로 다 덮어주니
형제애가 두텁게 쌓이지

한솥밥만 먹어도 우정이 두터워지는데
한 이불 덮고 자면
한 철이 아니라 일 년은 가지,
기암괴석들 마음이 서로 통하는 것이

봄바다

대반동 봄바다는
꽃물 든 산언덕에
비탈밭

바다에 붙박인
장어잡이 배들은
나물 캐는 아낙들

고하도 용머리를
오락가락하는 배들은
유채, 장다리밭의
흰나비 떼

바다에 어슬렁거리는
갈매기들은
몸 불은 산언덕에
한눈파는 사람들

이충무공 동상

칼을 노래하랴,
붓을 노래하랴
칼을 지켜주는 것이 붓이고
붓을 지켜주는 것이 칼이거니
칼과 붓을 한꺼번에 노래해야지
문무왕의 이름자 하나만으로
우리가 노래해야 할 것이
무엇인가를 가르쳐 주느니
나라의 울혈이 살이 될 때까지
기다리고 기다릴 것이 아니라
칼을 갈든가, 붓을 갈든가
뭔가를 갈아야 울혈이 풀리지
죽고 사는 것은
바다로 나서든 나서지 않든
하늘 아래 있나니
칼과 붓을 일거에 갈기가 힘들거든
칼을 갈아야 할 때에

칼을 갈고
붓을 갈아야 할 때에
붓을 갈아야지

만물상

유달산의
일등바위, 이등바위, 삼등바위 형제봉들이
자식들 많이 낳아놨구만

누운바위, 얼굴바위, 고래바위, 종바위,
애기바위, 조대바위, 떡바위, 나막신바위

큰집, 작은집
이종사촌, 고종사촌
지그들끼리 다 일가 친척이구만

입석바위, 손가락바위, 흔들바위, 갓바위,
장미바위, 거북바위, 장수바위, 마당바위

자가일촌이니
서로 잘났다고
다툴 이유가 하나도 없겠구만

장수바위

서해바다에 등 돌리고 있는 줄 알았더니
서해바다를 배경으로
사진 찍기 좋게
둘이 나란히 앉아 있어야

어민 동산에서 김지하 시비와 어울리다가
삼등바위에 오르려다가
뜬금없이 얼굴 내밀기에
사실 놀랬지

두 손을 맞잡고 어깨를 기대고 앉아
멀리 하늘 바라보며
애정을 과시하는데
잉꼬부부가 따로 없어야

저놈의
발가락 좀 보소!
힘깨나 쓰게 생겼지

* 장수바위 : 유달산 삼등바위 맨 우측의 봉우리이다.

부동명왕이 지키고 있는 홍법대사

유달산 일등봉 손가락 바위 아래
부동명왕이 지키고 있는
홍법대사에 대하여 말들이 많지
우리나라를 등친 놈들이 모셨으니
누구는 쫓아내자 하고,
누구는 그대로 놔두어
역사의 산 교육장으로 삼자 하고
부동명왕이 지키고 있는 홍법대사가
사람을 살리려고 이 세상에 왔지
사람을 죽이려고 온 것은 아니지
저분의 밭은 조선이고
저분의 씨는 일본인데
부동명왕이 지키고 있는 홍법대사는
조선인이기도 하고,
일본인이기도 하지
달리 말하면 애비 다른 형제라고
떠나려고 맘먹었으면
진즉 제 발로 떠났지

탯자리가 바로 저기인데
어디로 간단 말인가
누가 모셨든 저분 씨가 다른 우리 형제여
그래도 쫓아내야 한다면
밭은 손상 안 되게 쫓아내야지
내 말 부동명왕이 무서워서 하는
소리, 절대 아녀

* 부동명왕不動明王 : 부동명왕은 밀교에서 중요한 역할을 하는 부처로 홍
  법대사가 안치된 것에 함께 나타나는 수가 많다. 홍법대사가 당나라에서
  유학하고 돌아올 때 풍랑을 만났는데 부동명왕이 지켜주었다고 한다.
* 홍법대사弘法大師 : 일본진언종의 개조로 이름은 공해空海, 속성은 좌백직
  佐伯直이며 홍법弘法은 법명이다. 774년에 태어나 835년에 열반하였다.
  804년 중국 당나라에 건너가 수행한 후 806년에 귀국하여 불법을 전교
  일본불교의 선각자가 되었다. (목포의 역사와 이야기 100선 참조)

유달산팔십팔소영장

그 많던 불상들은 다 어디로 갔을까
사람들의 발길 그치지 않는데,
제자리 안 지키고

제 발로 걸어 나가지 않았다면
누군가의 등에 업혀 나갔겠지,
육척 장사도 감당하기 쉽지 않은데

하늘로 사라졌나, 땅으로 꺼졌나
바위들은 알 텐데
다들 입을 봉해 버리니

그대로 앉아 공밥 먹기 미안하니
중생들 구제하러
각개전파 시도한 걸까

이미 열반한 분들이
운수납자의 길 떠난다는 것은

언어도단이고

어매인 조선이
애비인 일본 만나라고 시켜
현해탄 건넜을까

* 유달산팔십팔소영장儒達山八十八所靈場 : 일본인들이 유달산에 88개의
  불상을 세워 일본불교의 성지로 조성하였다. (목포의 역사와 이야기 10
  선 참조)

눈 온 뒤에 만난 목포시사

유달산 산행 중에
머리에 눈을 뒤집어 쓴 목포시사가
내 손을 잡아주다니
지나가는 산행객들에게
눈길 한 번 주지 않는 목포시사가
내가 글쟁이란 것을 어떻게 알아보고
내 손을 잡아끌어
마루에 앉혀 놓다니
지난밤에 눈발이 도배한 세상을
한지 삼은 목포시사가
나와 시를 한 수 주고받기를
원하는 것 같은데
밥값도 못하면서 오만하기만 한 시에
불만이 가득한 나를 붙들어 놓고
세상 물정을 파악하려는 속셈 같기도 한데
사실 그대로 이실직고해야 할지,
아니면 어물쩍 넘어가야 할지
방 안으로 들어가잔 말은 없이

마루에만 앉혀 놓으니
나도 적당히 둘러대고 자리를 떠야지

보광사에 내리는 눈

– 짓샘

보광사 앞마당에 내리는 눈은
아무 생각 없이
그냥 내리는 것이 아니라
다 속셈이 있는 거다

날이 개여 햇빛의 구애에
몸 둘 바 몰라 하다가
땅속에 스며
짓샘에 다다르고 싶은 거다

용화전 석조미륵좌대 앞의
마룻바닥 덮개에 가려져
얼굴 드러내지 않는 짓샘이
용하다는 소문이 하늘까지 난 것이다

다른 곳에 내리지 않고
보광사 앞마당에 내리는 눈은
자기 나름대로

다 꿍꿍이속이 있는 거다

* 보광사普光寺 : 1929년 10월 박운계 스님이 창건하였다. 유달산 동쪽 기
  슭에 위치하고 있다.
* 짓샘 : 유달산 보광사 용화전 석조미륵좌대 앞마루 밑에 있는 샘으로 산
  고가 들었을 때 효험이 있다고 한다.

노적봉

맹활약하던
임진왜란 그때가 언젠데
아직도 아랫도리가 저리 튼튼하다냐

한 차례 이마에
보톡스 수술만 받으면
젊은 놈들하고 구분하기 힘들겠다야

아랫도리 튼튼한 이유가
무엇인가 했더니
다산목을 바로 가까이 두었구만

다산목의 음기 따라가느라
시도 때도 없이
심신을 단련하지 않았겠나

아무리 그런다고
임진왜란 그때가 언젠데

저리도 튼튼한 아랫도리를 두었다냐

겉보기엔 점잖은 저 양반이
누구도 몰래
혹시 비아그라 복용하나

* 노적봉露積峰 : 유달산 등구의 좌측에 있는 바위이다. 임진왜란 때 충무
공 이순신 장군께서 이 바위를 마람으로 덮어서 노적가리처럼 보이게 하
고, 영산강 상류에서 백토를 풀어서 밥 짓는 쌀뜨물로 보이게 하였다. 군
량미가 많은 걸로 오인한 왜적들이 더 이상 쳐들어오지 못하고 물러났다
는 이야기가 전하여 온다.

달성사 옥정

아미타삼존불이
골다공증 걸리지 않고
저리 오래 버티는 것도
다 네 덕이지

지장보살반가상이
허리 디스크 걸리지 않고
저리 오래 버티는 것도
다 네 덕이라고

해와 달, 별빛이
멱감으로 들어올까 봐
못 들어오게 뚜껑을 덮어놨어,
뒤늦게

나이 든 범종이
목소리가 변함없는 것도
저 멀리 법문을 전하는 것도

다 네 덕이지

반야사 느티나무

남쪽 끝 항구, 목포의 가을은
반야사 앞마당의
담장 옆 느티나무에서 시작하고
느티나무에서 끝나지

대웅전에 계신 아미타불보다
우리들의 속사정을
빠삭하니 알고 계시는 분이
저 느티나무이지

여름내 사람들 느티나무 그늘에서
묻지 않아도
세상사 다 털어놓고 가니,
모른다면 오히려 이상하지

제 몸 가누기도 힘든 느티나무가
새들과 매미들의 사연까지
다 소화해 내려면

머리깨나 아프겠지

반야사 앞마당의 저 느티나무가
움켜쥔 이파리를 놓기 시작하면
가을은 깊어지고
다 놓아버리면 이미 겨울이지

* 반야사般若寺 : 목포 반야사 대웅전에는 석가세존이 아닌 아미타불 부처
  님이 모셔져 있다. (목포시 죽교동 193-2)

북교초등학교 느티나무

목포의 초등학교 중에서
가장 나이 많으신 어른이
북교초등학교인데
북교초등학교 안에서는 누구일까
교목인 저 느티나무인 게 분명하지
느티나무 살살 구슬리면
김대중 대통령에 대해 알 수 있겠지
어느새 내 의도를 눈치챈
느티나무가 내게 눈빛으로
이 학교를 졸업한 김대중 대통령의
어리광도 받아주고,
콧물도 닦아주었다고 전하는데
그 말이 사실인지 아닌지
이제는 김대중 대통령에게 확인할 수 없으니
저 능구렁이가 내가 확인할 수 없다는 걸 알고
제 자랑 늘어놓는 것은 아닌지
하기야 이 나라의 정치, 경제, 사회, 문화의
난다 하는 이들도 어려서는

다 코 흘리고, 잠자리에 오줌도 싸지
그게 사람이지
느티나무의 품에서 뛰어놀 때는
느티나무가 생활기록부에 기록하듯
다 지켜보고 있다는 것을
생각지도 못하고 그저 재밌게 뛰어놀았지
그걸 생각하고 행동하는 놈은
사람도 아니지, 그게 어디 사람이냐고
느티나무의 눈빛 전언을 믿어야지

유달초등학교 한국호랑이

요즈음은 호랑이가 사라져
호랑이 물어갈 짓거리를 하는 놈들이
지천에 깔려 있어도 방치하니
더 이상 참을 수 없어
유달초등학교 한국호랑이를 찾아갔지
영광군 불갑산 기슭에서
농부에게 잡혀 대박이 되어준
남한 최후의 호랑이의 기록을 가진
일본인 하라구찌가 사들여 박제한 후
일본인 학교인 유달초등학교에 기증하였다지
못된 짓 하는 놈들 좀 물어가 버리라고
신신당부하러 왔는데
유리관 안에 꼼짝달싹 않고 서 있는
호랑이가 거시기 없는 암컷이더라고
이리 봐도 저리 봐도 암컷인 호랑이에게
궂은소리하기도 뭐 하고 하여
눈인사 나누고 얼버무리다가 돌아왔지
그날 이후 이따금 꿈길에서

유리관을 열고 호랑이 등에 올라타
백두대간을 따라 북으로, 북으로
백두산 지나 아무르강까지 다녀오지
토끼나 사슴 같은 순한 짐승들은
눈여겨보지 않고
힘이 센 멧돼지나 곰들을 만나면
날 저만치 내려놓고
보란 듯이 앞발로 탁 쳐 쓰러뜨리더라고
포식한 호랑이 등에 다시 올라타고
유리관에 돌아와
누구도 눈치 못 채게 들여보낸 뒤에
잠이 깨곤 했지

* 유달초등학교 : 일제강점기에 일본인 자녀들이 다니던 초등학교이다.

만인계터에 내리는 눈

이 세상의
하고많은 곳 다 놔두고
만인계터에 내리는 저 눈발들은
무슨 꿈을 꾸고 있을까

저 눈발들은 아이들의 손에 쥐어져
주먹만 한 눈덩이가 되고
그 주먹만 한 눈덩이가
눈사람으로 태어나는 꿈을 꾸고 있을까

아니지,
아니지

저 눈발들은
대박의 꿈을 꾸고 있을 거야

한 냥을 버려
만 냥을 얻는

대박,
대박의 꿈을 꾸고 있을 거야

대낮의
햇살에 녹아
그 꿈이 사라질지라도

* 만인계萬人契터 : 현 목포극장에서 만복동 고개 쪽으로 가다가 우측으로
  넘어가는 고개로 1901년경에는 들판이었다. 만인계는 오늘날의 복권으로
  한 구좌에 당시 돈 3원으로 약 5개월간에 걸쳐 1만 구좌를 모집하여 추
  첨하였다.

목포진 후박나무 만호

내가 이곳에 부임한 지도
횟수를 기억할 수 없을 정도로
많은 세월이 흘렀지
향도인 고하도가
언제나 딱 버티고 있으니
든든하기 짝이 없다만
안심할 순 없지
아직까진 왜침의 기미가
엿보이지 않는다마는
다시 오지 않는다는 보장이 없지
더 무서운 건
동북공정을 꿈꾸는 때국놈들이지
은행나무 군관은
삼학도가 고하도만 믿고
경계를 소홀히 하는 일이 없도록
틈나는 대로 단속을 하라
동백나무 군관은
고하도가 군기가 빠지지 않도록 하고

앞바다의 작은 섬들이
사기가 떨어지지 않도록
힘을 돋우어 주어라
사철나무 군관들은 민심을 살피고
민폐를 끼치는 자는 가차 없이
엄벌에 처한다는 것을
알리도록 하라
아무 일이 없어도
칼을 갈고 닦아야 하니,
칼을 갈고 닦지 않고서는
하루가 가지 않으니

* 목포진木浦鎭 : 목포에 설치되었던 조선시대 수군의 진영이다. 무관 종6
  품의 관리자인 만호萬戶 외에 군관軍官 6인, 진무鎭撫 7인, 사부射夫 2
  인, 사령使令 5인의 관원이 있었다.

77계단에서 본 초승달

목포 근대문화유산 마지막 답사로
송도신사 찾아
가파른 77계단, 77개 맞나 안 맞나
하나하나 세며 올랐지
거미줄 같은 송도길 따라다니다가
가까스로 다다른 옛 송도신사,
송도길 20번 길 12, 12-1
우유 주머니만 대문에 매달려 있고
아무리 문 두드려도 열리지 않으니
열 번 두드려, 안 열릴 문 없다드니
죽어도 열리지 않으니
날 데려온 송도길은 돌아설 수밖에
더더욱 개 짖는 소리에 쫓긴
송도길 따라 나와 77계단에 이르니
초승달이 날 내려다보고 있어야
송도길을 따라다니는
나의 일거수일투족을
초승달이 다 내려다본 것을

77계단을 내려가면서 알았어,
왠지 뒤통수가 가렵다 했더니

구 동목포역 강아지풀

다 어데 가버리고
너희들만 남아 자리를 지키고 있니

떠나려면
너희들마저 데리고 떠날 일이지
자기들끼리만 떠나다니

가진 것이라곤
해와 달, 별빛밖에 아무것도
지닌 것이 없는 줄 알았더니

서러워도 아무런 내색하지 않는
사철나무 몇 그루와
너희들이 함께한 것을 몰랐다니

누군가가 찾아오면
안부 전하려고 스스로 남은 것을
버림받은 줄 알았지

그리운 함평, 무안, 몽탄, 일로의
보퉁이에 얼굴 내밀며 오르내리던
푸성귀, 마늘, 고추를 너희들은 알지

버림받은 줄 알았더니
너희들이 남아 자리를 지키다니

눈 내리는 비녀산

여름내 비녀산 뻐꾸기가 한 번 보자고 해도
마음을 주지 않은 내가
눈 내리는 비녀산의 눈인사에 넘어가다니
몸뚱이에 눈을 뒤집어쓴 나무들이
바람의 행방을 말없이 가르쳐주는데
앞서간 이의 발길을 눈발이 지운다
비녀산의 눈인사만 믿고 서두른 산행,
비녀산이 손 한 번 내밀지 않더니
내 눈치가 보였는지 쉬어갈 벤치를 내민다
눈발을 털어내자 몸을 드러내는 벤치에
잠시 헐떡이는 숨결을 앉혀 놓고
눈발을 뒤집어 쓴 나무들을 바라본다
나무들이 눈발을 아예 털어내지 않는 것은
멀리서 찾아온 손님에 대한 예우 때문인가
뒤에 오는 사람을 따라 정상에 오르니
내 눈앞에 달려드는 진경들이
나를 단숨에 사로잡는다
멀지 않은 곳에 옥녀봉이 눈발 속에 희미하고

멀리 유달산은 눈발 속에 묻혀 보이질 않는다
천지간에 눈발이 내렸다 그쳤다를
반복하는 사이, 자막 없는 스크린에
나무나루의 진경들이 펼쳐진다
오르는 길보다 내려가는 길이 힘들다고 하는데
무슨 일이 내 앞을 기다리고 있는지,
여전히 나무들은 눈발을 털어내지 않는다

* 비녀산 : 양을산이라 불리기도 한다.

비 내리는 성자동 언덕

나와 눈길만 마주쳐도
얼굴 붉히는 성자동 언덕이
무슨 재미로 사는가 했더니
바다 건너 아산 훔쳐보는 재미로 살더라

능수버들이 있는 주막 앞을 지나는
갓바위로 문조리 낚시 가는
꼬마들이 흘린 이야기에
관심 있는 줄 알았더니 그건 덤이더라

남양 앞바다에 찾아온 철새들이
갈대들과 밤새 나누는 이야기를
엿듣는 재미에
푹 빠진 줄 알았더니 그것도 덤이더라

비 내리는 지금 이 순간에도
제 몸이 비에 젖는 줄도 모르고
비 그치고 나면

바다 건너 아산 훔쳐볼 생각만 하고 있잖은가

* 아산牙山 : 갓바위 앞바다 건너 영암에 있는 기와지붕 모양의 산이다.

유선각의 달

달이 유선각에 들르지 않고
그냥 기웃거리다가
가는 것 같아도 그게 아니데

달빛을 내려
신익희 선생이 낳은
현판 글씨도 만져보고, 읽어보고

비 내리는 호남선을
마음속으로 생각하며
잠시 숙연해기도 하더라고

"흰 구름이 쉬어가는 곳입니다.
세 마리의 학이 고이 잠든
푸른 바다의 속삭임을
새벽별과 함께 귀를 기울이고 있습니다."

다목동 차재석 님이 낳은

유선각 돌각비도
쓰다듬어보고, 읽어보고

달이 뭇별들 눈치 보느라
기웃거리다, 그냥 가는 것 같아도
제 하고 싶은 일 다 하고 가데

* 유선각儒仙閣 : 일제강점기인 1932년에 건립된 유달산의 쉼터이다.
* 유선각 돌각비 : 유선각 돌각비에는 "흰 구름이 쉬어가는 곳입니다. 세
  마리의 학이 고이 잠든 푸른 바다의 속삭임을 새벽별과 함께 귀를 기울
  이고 있습니다."라는 다목동 차재석 선생의 글이 새겨져 있다.

눈 내리는 입암산

눈발에 갇힌 입암산이
안절부절못하기에 무슨 이유인고 했더니
바다 건너 아산이
시야에서 사라져버렸기 때문이다

앞바다에 떼를 지어 투신하는 눈발들이
시야를 가려 안절부절못하다가
이따금 눈발이 그쳐 아산이 눈에 띄면
비로소 안도의 숨을 내쉬는 것이다

제 몸이 눈발에 갇히는 것은 상관치 않고
눈썹까지 눈이 쌓여도 눈만 내놓고
눈발 속에 갇힌 보이지 않는 아산 때문에
성가셔서 죽고 못 사는 것이다

눈 내리는 틈을 타
바다 건너 아산에게 무슨 불상사라도
일어날까 봐
안절부절 정신을 못 차리는 것이다

달과 영산강

영산강을 거울 삼은 달이
병색이 짙은 자기 얼굴을 내려다보며
잠시 마음고생이 심했지,
자기의 본모습인 줄 알고

밤하늘의 달을 그 커다란 눈으로
올려다보던 영산강도
달의 모습에 많이 마음 아파했지,
백태가 낀 자기 눈 탓인 줄 모르고

달은 달대로
영산강은 영산강대로
마음고생들 너무 많이 했지,
옛날 같지 않은 상대의 모습에

달이 영산강에게 등 돌리지 않고
예나 지금이나 찾아와
함께하다 돌아가는 것 좀 봐,
마음 씀씀이가 넓은 놈이지

춤추는 바다분수

바다 밑 물의 요정들 불러내어
동아시아의 허브를 꿈꾸는
나무나루 사람들 위로해 주느라
자신은 피로한 줄도 모르잖아

오케스트라 단원에,
합창단 단원에,
악보인 발레리나 역할까지 하느라
물의 요정들도 정신이 없어야

색과 빛과 음과 향이
물의 요정들과 한 몸을 이루어
눈도 귀도 코도
즐겁게 해 주는 것은 처음이여

바다 밑 물의 요정들 불러내어
동아시아의 허브를 꿈꾸는
나무나루 사람들 위무해 주더라도
제 몸도 생각하면서 일해야지

보리마당

온금동
아리랑 고개 올라가다가
좌측 길로 꺾어 들어가면
보리마당이라고 있어

서산동 보리마당의 품에 안기면
삼학도도,
째보선창도
고하도도 한눈에 들어오제

앞바다에 갈매기는 현주소가
삼학도인지,
고하도인지 헷갈리니
그냥 목포라고 하제

앞바다를 품에 안고 사는
서산동 사람들은
마음씨가 보리마당보다
더 넓겠지

목포 공생원

다우치 치즈코,
매화 꽃망울 거느린 저 손길이
내가 거느린
천군만마보다 힘이 더 세지

저 손길,
일제의 군홧발에 짓밟힌
조선의 들꽃들 일으켜 세우려
젊은 날을 동분서주하였지

전란 중 좌우의 위기 때는
사람들뿐만 아니라
고하도가 유달산이 앞장서서
저 손길 구해냈었지

저 손길의 사연인 '사랑의 묵시록'이
일본 열도를 울리고
오부치 게이조의 가슴을

뜨겁게 했지

천군만마를 거느린
나보다 힘이 더 센
매화 꽃망울 거느린 저 손길에
나는 물러날 수밖에

* 다우치 치즈코田內千鶴子 : 목포공생원의 창립자인 윤치호의 부인으로
한국명은 윤학자이다. 한국과 일본을 오가며 목포공생원을 유지 발전시
켰다.
* 오부치 게이조小淵惠三 : 일본의 전 총리로 매화의 고장으로 알려진 도
쿄 북쪽 자신의 고향 군마현群馬縣의 매화나무 스무 그루를 목포공생원
에 기증하였다. 기증한 사연은 윤학자 여사가 돌아가시기 전 병석에서
"우메보시(일본의 매실 장아찌)가 먹고 싶다"고 말했다는 이야기가 텔레
비전에 소개된 것을 기억하고 오부치 전 총리가 기증한 것 같다고 오부
치 부인은 회고한다.

작은 꽃들의 집 공부방

지금은
벌, 나비가 찾아와도
맞이할 힘이 없는
별꽃, 냉이꽃 같은 아이들이에요

벌, 나비가 손 내밀어도
손이 너무 작아
잡아줄 수 없는
큰개불알풀, 광대나물 같은 아이들이라고요

새들이 날아와 앉아
노래를 들려주고 싶어도
받아들일 힘이 없는
민들레, 씀바귀 같은 아이들이라니까요

별꽃, 냉이꽃 같은 아이들에게
큰개불알풀, 광대나물 같은 아이들에게
민들레, 씀바귀 같은 아이들에게

희망을 주세요

벌, 나비가 내려앉아도 버틸 수 있는
벌, 나비가 손을 내밀면
손잡아 줄 수 있는 힘을 지닌
백합 같은, 장미 같은 아이들이 되도록

새들이 날아와 앉아
노래해도 버틸 수 있는
꽃나무 같은 힘을 지닌 아이들이 되도록
힘 좀 실어주세요

* 작은 꽃들의 집 공부방 : 온금동에 있는 까리따스 수녀회 소속의 헤레니
아 수녀님이 운영하는 공부방이다. (061-245-0934)

산정동 성당

   – 봄눈

이름 앞에 최초라는 수식어를 비롯해
다른 수식어가
여럿 붙는 성당이지

전남에 최초로 지어진,
한국 레지오 마리애의
발상지인

육이오 때 행방불명된
안바드리시오,
고도마, 오요한의 순교비가 있는

이런
성스러운 성당이
나를 초대하다니

내가 다칠까 봐
나를 부드러운 손으로

받아내는

오십 년 전에
광주대교구의 주교좌성당이었다는
성당이지

* 산정동 성당 : 1897년에 설립된 목포에서 가장 오래된 성당으로 현 광주
  대교구의 모태가 되는 성당이다. 한국 천주교 '레지오 마리애' 발상지이
  기도 하다.

목포양동교회

– 봄비

처음은 미약한
천막이었으나
영원히 무너지지 않을
성전이 됐지

양동교회가
양동제일교회를 낳고
양동제일교회는
새한교회를 낳았지

새한교회는
또 무슨 교회를 낳을지
누구도
알 수 없지

하느님의 말씀대로
생육하고
번식하느라

다들 배 많이 아팠겠지

믿음과 소망과 사랑 중에
그중에 제일은 사랑이라고
내게 가르친 분이
바로 양동교회이지

* 목포양동교회陽洞敎會 : 목포 최초의 교회이다.

북교동교회 담쟁이넝쿨

북교동교회에서
누가 주님의 말씀을 가장 잘 따르나
생각하고 생각해 봤더니
담쟁이넝쿨이여

창밖에서 주님의 말씀 다 엿듣고
빛과 사랑이 넘치는
저 높은 곳을 향하여
온몸으로 날마다 나아가지

다들 주님의 말씀을
그대로 믿고 사는 것 같아도
의심의 안개 자욱하고
근심의 구름 걷히지 않는 것을

창밖에서 주님의 말씀 다 엿듣고
모두 다 함께
저 높은 곳을 향하여

온몸으로 날마다 나아가지

* 이 시의 시구의 일부는 '저 높은 곳을 향하여' 란 찬송가를 인유하였다.

눈 내리는 보현정사

대웅전 앞마당에 내리는 눈은
석가세존 뵈러 왔고

원통전 앞마당에 내리는 눈은
천수관음보살 뵈러 왔는데

문은
닫혀 있고

내다보지도
않고

석가세존, 천수관음보살 다 동안거에 들어
묵언수행 중일 때 찾아와

뒷북치는
눈

등 뒤에서
미륵보살님은 웃음을 참고 계시고

* 보현정사普賢精舍 : 목포 백년로 근처 금호아파트 건너편에 위치하고 있
다. 법륜종 사찰이다. (목포시 용해동 107-5)

제3부

구목포역

목포 오거리

목포에서
詩, 書, 畵
힘깨나 쓰는 사람들은
오거리에서 놀았지

덕인주점에서
묵다방에서
예술과 시대에 취해
어칠어칠,
휘청휘청
돌아다녔지

알고 보면
오거리가
인간과 예술을 다 키워놨어

김현,
최하림의

산문시대가 여기에서 잉태됐지

일제하
일본인 거리와
조선인 거리를 나누는 경계가
오거리였다지

이제는
오거리를
仁의 거리
義의 거리
禮의 거리
智의 거리
信의 거리로 나누면 어떨까

목포에서
詩, 書, 畵
일가를 이룬 사람들을
오거리가 길러냈지

비 내리는 목포역

비 오는 날이면
침 묻혀 가며
추억의 책장을 넘기고 넘겨야

어깨 너머 훔쳐보니
서울발 무궁화호 열차가
기적을 울리며
얼굴 내미는 것 봐

사람들만 승차한 줄 알았더니
갈매기 울음소리가
뱃고동 소리가
파도 소리가
무임승차를 했어

무임승차한 걸 모를 리 있나
다 알고도
모른 척하는 거지

기차는
뒤꽁무니를 보이고

이제는
지게꾼이
구두닦이가
멜라콩 아저씨가
어슬렁어슬렁 나오는 것 봐

침 묻혀 가며
추억의 책장을 넘기고 넘기더니
어깨를 들썩이는 내 기침 소리에
눈치를 챘는지
책장을 덮어버려야

뒷장이
더 궁금한데

눈 내리는 째보선창

한번 째보는 영원한 째보인가
째보 벗어난 지 오래인
째보선창에 눈발이 달려든다
아무런 말도 하지 않고
눈 내리깔고
눈발이 달려드는데
힘없는 째보선창이
받아주지 않았다간 일낼 것 같다
막무가내 하염없이 달려드는데
숨 돌릴 틈도 없이 달려드는데
한 마디 말도 못하고
째보선창이 다 받아내고 있다
그 옛날 한창 때 밀고 들어오는
배들을 받아내듯이
배란 배, 모든 배를 다 받아내듯이
오늘은 눈발을 받아내고 있다
성질이 개떡 같은
눈발이란 모든 눈발을

째보선창이 받아내고 있다,
끄떡없이

155

다순구미의 봄

그 많던
조금새끼들은 다 어디 갔나

담장 밑
민들레도
씀바귀도 다 돌아왔는데

다순구미 골목을 꽉꽉 채우던
조금새끼들은
왜 코빼기도 안 보인다냐

째보선창이
업어주고
보듬어주던

그 많던
조금새끼들은 다 어디 갔나

* 다순구미 : 유달산 자락에 다닥다닥 붙어 바다를 굽어보는 마을로 목포
에서 가장 오래된 마을이다. 개항 이후 현대에 이르기까지 목포의 옛 풍
경이 가장 많이 남아있는 곳이다. 바다가 삶의 터전인 사람들의 마을로
남편들은 뱃일을 하고 아내들은 바다 나간 남편을 기다리며 생선을 팔거
나 그물을 수리하며 살았다. 바닷물이 빠지는 조금이면 뱃일을 할 수 없
기에 남편들이 집에 머무르는데 이때 아이를 갖는 집이 많아 동네엔 생
일이 같은 아이들이 많았다. 그래서 그 아이들을 '조금새끼'라 불렀다.

대반동에서 만난 개밥바라기

– 시월의 마지막 밤에

내가
대반동 바닷가에 나온 걸
어떻게 알고
여기까지 나를 따라왔지

뭐라고,
네가 대반동 바닷가에 나온 걸
어떻게 알고
내가 너를 따라왔냐고야

나는,
시월의 마지막 밤이라
그냥 보내기 서운해서
나와 봤는디

너도,
시월의 마지막 밤이라
그냥 보내기 뭐해서

나와 봤다고야

앗따,

씨스타크루즈에서 만난 개밥바라기

대반동 바닷가에서 만난
유달산 일등바위에서 만난
개밥바라기가
씨스타크루즈까지 따라오다니

제 앞가림도 못 하는 주제의 내가
눈물의 보석인
제주, 위로하고 오는 것을
어떻게 알아차리고

세상 어디를 가나
개밥바라기를 찾아
밤하늘을 샅샅이 뒤지고 뒤진
내게도 책임이 없는 건 아니지

개밥바라기도 나를 찾느라
안절부절못한 게 분명하지,
안 그런 척해도

눈에 쓰여 있는 걸

내 생애 마지막 날까지
언제나 함께하고 싶은
개밥바라기가
씨스타크루즈까지 따라오다니

* 씨스타크루즈 : 씨월드고속훼리 주식회사에서 운영하는 목포~제주간 여
  객선이다.

이훈동 정원의 봄

몇 차례 엎치락뒤치락하던
봄눈마저 물러나고
수목들이 잠 깨는 이곳의 봄은
쑥대머리와 함께하지

변사또 같은 겨울 눈보라에
다들 기가 죽어
몸이 어장난지도 모르고
깊은 잠에 빠졌었지

"쑥대머리 귀신형용鬼神形容
적막옥방寂寞獄房의 찬 자리에"
어디선가 들려오는 쑥대머리,
수목들 가슴을 적시는 것을

새들도 쑥대머리에 취해
끼니때도 잊고
가지, 가지마다 가슴에 불 지르고

다니지

머지않아 봄꽃들이 안심하고
얼굴 내밀어도 되는 것도
이곳의 봄이
쑥대머리와 함께하니

* 쑥대머리 : 판소리 춘향가 가운데 한 대목으로 춘향이 옥중에서 이도령
  을 그리워 하는 내용이다.

사꾸라마치에 내리는 눈

구름 여행사에서
지구문화유산 답사객을 모집하여
바람이 지상에 눈을 데려다 주는 것을,
내비게이터도 없이

근대 문화유산을 많이 낳은
사꾸라마치에 눈을 정확히 데려다주는
바람은 펄펄 신이나
눈발들을 연이어 내려놓고

내 몸에도 내려놓고 돌아가는데
관광해설사도 아닌 나를
눈발이 닦달하잖은가,
아는 게 별로 없는 내게

생각해 보니
사꾸라마치에 요정이 많았다지,
그렇다면 저놈의 눈발들이

기생관광을 온 것인가

* 사꾸라마치 : 현재 금화동錦和洞으로 일제하 목포의 대표적인 유곽거리였다.

중바위의 봄

입암산의 봄은
중바위에서 온 것이고
중바위의 봄은
물 건너 영암 땅에서 온 것이다

봄이 영암 땅에서 올 때
배 타고 오는 것을
버스 타고 오는 것을
본 사람이 아무도 없다

그렇다면 헤엄쳐 온 게 분명한데
봄이 개헤엄으로 왔던
봄이 자유형으로 왔던
그것도 본 사람이 없다

지금까지 중바위의 봄이
영암 땅에서 오는 것을
본 사람 없었어도
물 건너 영암 땅에서 온 것이 분명하다

돌아온 삼학도

삼학도가
이제 돌아왔으니
근심 걱정
이제 끝!

지난 시절
뭔가 엇박자인 것은
짝이
안 맞아서였지

유달산
세 바위들이
요즘 다소곳해진 이유를
알겠지

삼학도가
이제 돌아왔으니
세상과의 불화는
이제 끝!

안개 낀 불종대거리

어둠을 틈 타
안개가 불종대거리로
진군한 지도 모르고
상가들이 잠들어 있거나 깨어 있다
안개는 이미 잠이 든
화신약국, 시몬이용원
꼬메르치킨을 기웃거리다가
치킨 냄새에 입맛을 다시기도 한다
아직 깨어있는 졸음이 가득한
떴다 호프 & 소주,
명보 24시 마트,
영진 목욕탕, 신협 근처에서
안개는 한참을 머뭇거린다
이곳에 쌍교장터가 서고
저 자리가 조동이 도개집이고
북교동 성당도, 반야사도
사라진 쌍샘터도
목포심상중학원도 멀지 않아

안개는 지금 속으로 중얼거린다
안개는 점령지인 불종대거리
이곳, 저곳을 기웃거리며
낮은 곳에서 높은 곳까지
추억을 되새기고 있는 것이다

* 불종대거리 : 일제하 화재감시 망루인 불종대가 서 있던 자리로 현재 화
  신약국 앞 공터가 불종대거리이다.
* 북교동 성당 : 김우진 생가 터가 현재는 북교동 성당이 되었다.

북교동 성당 매미

입교한 지
얼마 되지 않아
교리를
다 마치다니

눈만 떴다하면
성모송에
주기도문,
사도신경 외우지

주님의 말씀을
구약부터
신약까지 읽느라
정신없어

짧다 하지 않아도
짧은 생애에
모든 것을

다 끝내야 하니

* 북교동 성당 : 초정 김성규의 셋째아들인 김익진이 북교동 성당 일대의
성취원을 천주교측에 기부하여 지어진 성당이다. 이곳은 김장성 집터, 성
취원, 김우진 생가 터로 알려진 곳이다.

용댕이 삼바시

용댕이 삼바시를 만날 때마다
힘이 하나 없어 보이는 것은
용댕이 가는 철선이
사라진 뒤부터지

하루에도
수차례 사연을 주고받던
연인들을 서로 갈라놓았으니
뭔 힘이 나겠어

갈매기라도 나서서
사연을 전해주면
힘이 날 게 분명한데,
저것들은 또 뭐가 그리 바쁜지

용댕이 삼바시가
이리 힘이 없을 정도면
그리움에 지친 용댕이 부두는

또 얼마나 힘이 없을까

* 용댕이 : 용당龍塘이의 와전이다.
* 삼바시 : 일본말 삼바시는 우리말의 잔교棧橋에 해당한다. 잔교는 부두에
  정박한 선박에 닿을 수 있도록 해 놓은 다리 모양의 구조물이다. 이것을
  통하여 선객이 오르내리고 화물을 싣거나 부린다.

북항 갈매기

일명 뒷개선창인
북항의 대변인이 바로 나지
피부색이 다른
일란성 쌍둥이 풍차등대가
파란 모자, 빨간 모자를 쓰고
무량장 양쪽에서 길안내를 하는
북항의 조나단 리빙스톤 시걸이 나라니까
북항까지 찾아오는
세상의 모든 길들의 사연은 물론이고
출항과 귀항을 반복하는
어선과 화물선,
가까운 바다에 붙박인 바지선들의
애로 사항을 다 들어주지
더불어 그걸 선별하여
반영할 건 반영하고
무시할 건 무시해야 하는 나는
한순간의 감정에 휘말려서는 안 되지
이제 목포대교까지 나의 관할이 되었는데

내 힘이 미치지 못할 때가 많지
몇 사람이 죽음을 앞당기는 바람에
내 체면이 많이 구겨졌지
내게 아무런 의논을 하지 않으니
뒷개선창의 대변인인
나로서도 속수무책일 수밖에
나의 상처는
눈으론 가늠할 수가 없는 것을
오직 일란성 쌍둥이 풍차등대만이
내 마음을 알아줄 뿐이지만
내 임무를 소홀히 할 수는 없지

* 조나단 리빙스톤 시걸 : 리처드 버크의 소설의 원제목이자 주인공 갈매
  기의 이름이다.

뒷개에 사는 바람

뒷개, 물 길러 다니던 바람들은
줄 서 있다
다툼이 생기면
오살, 지랄, 염병, 가통, 씹할이
한달음에
나와부렀어야

그거
아무나 할 수 있나

이제는
뒷개가
앞개가 돼
물 길러 다니지 않아도 되잖아

뒷개, 빈둥빈둥 노는 바람들은
지금도
오살, 지랄, 염병, 가통, 씹할이

한달음에
나와부러야

그거 할 수 있어야,
뒷개에 살아봤다 할 수 있지

* 뒷개 : 목포의 뒤쪽 바닷가라고 해서 부르던 이름으로 지금은 북항北港
  이라 불린다. 과거엔 목포에서 못사는 사람들이 살던 후미진 곳이었으나
  지금은 개발로 많이 발전하였다.

꿈에 본 묵다방

목포오거리 덕인주점에서
술 한 잔에 닭벼슬인 내가
대낮에 낮달과 한 잔 하고 나와
낮달을 바로 돌려보내고 돌아섰지

낮달과 헤어진 내가
어디로 갈까 망설이고 있는데
오거리에서 권일송과 정규남이 다투다가
묵다방으로 들어가야

나도 따라 들어가
다방 한쪽 귀퉁이에
도둑고양이처럼 웅크리고 있는데
언쟁에 불이 붙어부렀어

　－지금이 어느 때냐. 콩고 내란으로 미개국이 생난
리다! 조국은 동존상잔의 피비린내 나는 전쟁여파로
지금 이 순간도 민간질고의 악몽 속에 있다. 허공에

머리칼 한 올을 육혈포로 쏴? 그따위 연시 잡아 쳐라!
죽일 놈!

  - 시를 머리로 쓰냐? 가슴으로 써야 한다. 개좆같은
논리, 지식 싸악 잡아 쳐라!

그걸 구경하고 있던
중절모, 두루마기 단장인 차재석이
찻값을 치르고 나가는데
천승세가 나를 보고 다그쳐야

  - 야, 너 어린놈이 뭘 안다고 여기 왔냐

그 고약한 포유동물이
뒤통수를 치기 전에 잠에서 깨
권일송과 정규남의 설전이
어떻게 됐는지, 내가 모를 수밖에

* 대화문은 2010년 '목포문화의 달' 천승세 소설가 초청강연 자료에서 발
  췌하였다.

산정동 호박밭

어느 날 아침, 잠자리에서 일어나 보니
졸지에 부자가 된 사람이 많은 산동네에
아직도 봄똥, 무, 배추, 마늘, 호박을
사시사철 번갈아 재배하는 덩치 큰 텃밭이 있다
임대 아파트인 신안 아파트에 살면서
출퇴근길에 그 덩치 큰 텃밭을 오가다가
밤하늘에 별처럼 내 가슴에 박히는
호박꽃의 군락을 보고
무, 배추가 세도를 부리고 있는 동안에도
나는 그곳을 산정동 호박밭이라 부르게 되었다
개망초, 달맞이꽃이 흐드러지던 산비탈에
근화 맨션, 현대 아파트가 들어서자
더욱 금싸라기 땅이 된 그 텃밭의
주인이 무척이나 부러운 나머지 잠자리에서도
산정동 호박밭 주인은 누구일까 생각하곤 했다
대불공단이 들어서는 삼호의 어느 졸부가
조강지처를 버렸다는 소문이 자자한데
산정동 호박밭 주인은 그런 사람은 아니겠지

호박밭 근처 마을 터줏대감인 잔등식육점 아저씨는
다행히 마누라와 금실이 좋아보였다
땅 위에 살다 땅 밑에 묻히는 사람들이
땅의 주인이 아니라 소작인에 불과하다며
자위를 하면서도
그 덩치 큰 텃밭의 주인이 부러워지는 것은……
비바람 속에서도 꺼지지 않는 꽃등을 달고
내 가슴에 박히던 호박꽃의 군락을 생각하며
산정동 호박밭 주인이 무르익어 가는 둥근 호박처럼
마음이 온유한 자이기를 간절히 바라고 바란다

옥녀봉 뻐꾸기

뻐꾹,

뻐꾹

가슴에 얼굴을
사정없이 묻고 싶은
옥녀봉

뻐꾹,

뻐꾹

마리아회 수도원 창문을
연일 두드리는
뻐꾸기 울음

뻐꾹,

뻐꾹

나주 세지로 엠마오 다녀오신

베드로 수사님,
도밍고 수사님

뻐꾹,
뻐꾹

가슴에 흩어진 배꽃
쓸어낸 지
얼마나 됐다고

가을산책

1
나보다 먼저
옥녀봉 정상에 올라온 느티나무,
오리나무, 소나무가 세상을 굽어보고 있다가
인기척에 나를 바라본다

마실 나온 햇살이
돌아가지 않고 아예 주저앉을까 망설이는
백련동 들판 너머 압해도는
이제 더 이상 그리움의 대상이 아니다

까치 떼와
백로들이 패싸움을 벌이는
울음소리 가득한 백련동 하늘,
연꽃 한 송이 피어낼 기분이 아니다

2
발목 잡힌 햇살이

난동부릴 생각을 전혀 하지 않고,
다소곳이 고개를 숙인
백련동 들판에 들꽃들이 내게 눈웃음친다

들꽃들을 따돌린 마음이
강아지풀 들고 논둑길을 휘젓고 다니지만
메뚜기와 방아깨비는
얼굴도 내밀지 않는다

멀리 옥녀봉,
엊그제 나와 함께 세상을 굽어보던
수목들에게 손인사를 보내지만
그들은 나를 알아보지 못한다

삼나무 숲 벤치에서

옥녀봉 가는 길,
개오동나무가 사열을 끝낸 곳에
키가 헌칠한 삼나무들이
군락을 이루고 있다

불도저에 평정된 백련동 들판이
나무들 사이로 내려다보이는
삼나무 숲 벤치에 앉아
눈을 감으면 보인다

자의로는 죽어도 자리를 뜨지 않는
삼나무 숲을 바라보며
누군가가 말과 함께
눈을 맞고 서 있는 모습이

삼나무 숲이 벗어놓은
예사롭지 않은 그늘을 맛보며
계속 눈을 감고 있으면

또 보인다

보이는 것이
보이지 않는 것이기도 한
말을 탄, 모자를 쓴 여자 기수가

입을 봉한 시간이 흘러
삼나무가 벗어놓은 그늘을
주워 입기 시작하는 트와일라잇 전에
눈을 뜨고 돌아갈 생각을 한다

예사롭지 않은
그늘에 겁이 난 내가
머지않아 숲을 휘젓고 날아다닐
인간 아닌 인간을 만날까 두렵기 때문이다

백련동, 연지를 찾아서

－ 백련동 어딘가에 연지가 있으리라

추수 끝낸
백련동 들판이 나를 불러내더니
기러기 떼를 날려보낸다

흰 이를 드러낸 서리들이
기지개를 켜며
투덜댄다

엉거주춤하는
들길

연지를 묻는
내 발길과 마주친 촌로가
산자락에
꼭꼭 숨은 둠벙을 가르쳐 준다

들길을 말동무 삼아 찾은
연 하나 없는

둠벙

둠벙에 물구나무선 옥녀봉이
헛다리 짚은 내게
눈빛을 보낸다

– 세상이 연지이고
백련동이 연꽃인 것을

갑자옥 모자점에서 선창가는 길

목포극장

문화와 예술을 사랑하는
목포 사람들에게 사랑을 받은
극장이 목포극장이지
1926년 세상에 얼굴 내밀었으니
곧 미수를 맞을 몸이지
무성영화 시대에 변사가
무대에서 해설을 하고
영화제작의 꿈도 꾸었던
역사와 전통을 자랑하는 극장이지
판소리 명창 이화중선도, 임방울도
가야금 명창 오태석도
이난영과 그녀의 남편 김해송도
목포극장에게 신세졌지
나이 먹으면 누구라도
흘러간 고복수가 되기 마련인데
목포극장은 흘러간 고복수가 아니지
헌 옷 다 버리고 새 옷으로 단장하니
젊은 놈들보다 더 팔팔해 보이지

목포 사람들에게
그야말로 옛것과 새것의
문화와 예술을 보급한 극장이 또 있으면
나와 보라고 해
역사와 전통을 자랑하는
목포극장 말고는 없지,
눈을 씻고 봐도

* 목포극장 : 1926년 조선인에 의하여 세워진 극장으로 창평동과 무안동
  길 사이에 위치하고 있다. 리모델링을 하여 정상운영하다가 다시 문을
  닫았다. 목포극장 바로 옆에 바닥분수를 갖춘 로데오 광장이 있다.
* 미수米壽 : 여든여덟을 일컫는 말이다.

갑자옥 모자점

1924년, 갑자년에 태어나
갑자옥이란 이름을 가지게 되었다지
나이 여든여덟이 되도록
몸도 마음도 건강하게 해 준
하느님께 감사드리며
일부종사하듯 한 자리를 지킨다지
일본인 거리, 유일한 한국인 가게로
요람이 바로 무덤이 될
이 자리에서 백수를 넘길 꿈을 꾸고 있지
방한 마스크, 가죽장갑, 귀마개가
자식 삼아 달라고 하니
친자식인 모자, 가방처럼 대해 주더라고
친자식인 모자, 가방도
하느님 믿는 몸이라
문 두드리는 이들에게
문 열어주는 것을 이해하고도 남지
사실 눈치를 봐야 할 이들은
마스크, 가죽장갑, 귀마개인데

오히려 친자식인 모자, 가방이
눈치를 보잖아
부모가 자식들을 잘 가르친 탓이지,
새 식구를 서로 감싸주려 저 난리니

* 갑자옥 모자점甲子屋 帽子店 : 일제강점기 갑자년에 일본인 거리에 문을
연 모자점으로 현재도 운영하고 있다. (목포시 영해동2가 1번지)

화신라사

'평생교육의 선구자,
김성복 못다 한 이야기' 들으러
출판 기념회에 갔었지
저자 인사말에 화신라사가
평생 잊지 못할 은인이라는데
갈 길이 어려울 때 화신라사가
등 떠밀어 준 것 같더라고
인생의 질곡이란 질곡은 다 겪은
김성복 교장 선생님 감동시킨
화신라사가 어떤 분인지 궁금하데
무거운 짐 덜어주면
기억하지 마라 해도 기억하고
부탁하지 않아도
사람들에게 광고하고 다닌다고
화신라사, 이분 하는 일이
양복점 아니면
양복 천 도매점 같은데
평생 잊지 못할 누군가의 은인이라니

누군가의 은인이 된다는 게
그게 어디 쉬운 일이냐고
화신라사, 몸뚱인 사라졌지만
누군가의 가슴속에 영원히
살아 있는

* 화신라사 : 현 목포극장 근처에 있었다고 한다.

조선내화

목포가 영원히 기억해야 할
기업을 하나 꼽으라면
『나의 아침은 늘 새로웠다』의
조선내화이지

개항지인 째보선창이 자리한
온금동에서 태어나
지금은 멀리 광양에, 포항에
든든한 뿌리 내렸지

목포가 예향이 되도록
목포가 인재를 양성하도록
지지대가 되고
언덕이 되어 주었지

바른 말은 해도
자기 살점 떼어주는 이는 드문 세상에
생색내지 않고

자기 살점 지금도 떼어주고 있지

부모에게 효도하듯
세상일에 대처하였으니
욕먹을 일 하나 없지,
그것도 대를 이어

목포가 영원히 잊지 못할
기업을 하나 꼽으라면
『나의 아침은 늘 새로웠다』의
조선내화이지

백제약국

백제 하면 계백장군 생각나고
계백장군 하면 황산벌 생각나고
황산벌 하면 박중훈이 출연한
영화 '황산벌' 이 생각나야
영화 속 계백장군의 마누라가
호랑이는 가죽 때문에 죽고,
사람은 이름 때문에 죽는다 했는데
'백제약국' 은 이름 때문에 살아남았지
나당 연합군에 거시기 당한 백제가
'많은 사람을 구제한다' 는 의미로
당당하게 살아나
이루지 못한 꿈을 다 이루었지
전란의 위기를 기회로 만든
김기운의 재주도 비상하지만
무너진 백제의 꿈이
'백제약국' 으로 우뚝 선 것은
이름 때문이라니까
이순을 넘어 고희를 앞둔 백제약국이

목포에서 약국 하면
백제약국이 생각나도록 되기까지는
이름 덕을 단단히 봤다고
이날 이때까지
번창한 것 모두가 다

* 김기운金基運 : 백제약국 창업자로서 초당대草堂大 설립자이기도 하다.

행남자기

사람이 생명을 유지하는데
가장 큰 도우미가 그릇이지
밥그릇, 국그릇, 반찬그릇이
누구에게 전혀 생색내지 않고
좋은 일은 다 하지
그러고 보면 그대가 목포에서
가장 보람 있는 생을 살고 있다고
술은 사람의 기분을 맞춰주나
너무 가까이 하면
목숨마저 가져가지만
그릇은 해를 끼치지 않지
예나 지금이나 목포에서
그대보다 보람 있는 일을 한 이가
아무도 없으니 어깨를 펴라고
그대에게 신세 안 진
목포 사람 누가 있냐고
있으면 손들어 보라고
유달산에 올라가 소리 질러 보자고

단 한 집도 없을 거여
유달산까지 올라갈 필요도 없어
지금 바로 질러보자고
'행남자기에게
신세 안 진 목포 사람 누구 있소?
있으면 손들어 보시오.'
거 봐. 아무도 손 안 들잖아
목포 안팎 어디에도
그릇 없는 생이 있는 집 없으니
다 그대 편이여
이제 어깨를 활짝 펴

삼학소주

이보다 더 슬플 수가 없는
전설의 섬, 삼학도 모르면
목포 토종 아니지
내 눈앞에 세 개의 섬이
옛 모습 잃은 지 오래이지만
나와 무관하지 않다는 것
모르는 사람이 없지
가물거리는 사공의 뱃노래가
삼학도 파도 깊이 스며든다고
이난영이 구성지게 노래했지
그 삼학도의 이름을 차용한 삼학소주가
한때 우리나라 주류업계의 선두주자였지
뒤따라오는 주자가
눈에 보이지 않을 정도로 앞서가던
소주의 대명사인 삼학소주가
어느 날 아침에 자고 일어나보니
납세증지 위조의 덫에 걸려 있었지
미운 오리털인 야당 대통령 후보

김대중의 정치 자금을 대줬는지
대주지 않았는지 알 수 없지만
소문에 의하면
정치보복을 당해 증발했다지
나라도 이건 아니다, 라고
팔 걷어붙이고 나섰어야했는데
군사정권 시절 목숨이 둘이어도 부족하기에
나서지 못한 게 영 후회가 돼야
달빛 아래 병나발을 불 정도로
내 입맛도 삼학소주에 맛이 들어
한참 딴 소주는 입에 대지 못했지
지금이야 보해소주로 마음을 달래지만
삼학도 모르면 목포 토종 아니듯이
삼학소주 몰라도 목포 토종 아니지

보해양조

너무 가까이해서도
너무 멀리해서도
안 되는 것이
나이지

너무 가까이했단
이성이 도망을 치고
너무 멀리했단
감성이 도망을 쳐야

나는
자신을 위하여
남을 희생시키는
그런 존재는 아니야

나도 기분 좋고
너도 기분 좋은
그런 세상을

나는 매일 꿈꾸고 있지

나를
너무 가까이하지도 말고
너무 멀리하지도 말고
적당한 간격을 두라고

구세약국

구 한국은행 근처에서
양약 도매업을 하여
충청 이남의 양약 공급을
장악할 만큼 사업에 성공했다지

자유문학에 『나르시스의 시론』으로 등단,
문학과 지성의 모태가 된
『산문시대』를 창간 주도한 김현을
낳았다고

언제나 사일구 세대로서
사유하고 분석한다는 김현에게
세상을 구원할 문학의 꿈을
누가 불러일으켜 주었겠어

비록 바통은 딴 사람에게 넘어갔어도
옛날에 그 옛날에
세상을 구원할 큰 꿈을 가지라고

김현을 닦달했겠지

한국병원

목포에 있는 병원은
모두 다 한국병원이지
미국병원,
일본병원 아닌

중앙병원, 기독병원, 연세병원,
전남병원, 세한병원
그 밖에 모든 병원들이
다 한국병원이지

목포에 있는 병원은
모두 다 전남병원이지
경남병원,
충남병원 아닌

중앙병원, 기독병원, 연세병원,
세한병원, 한국병원
그 밖에 모든 병원들이

다 전남병원이지

목포에 있는 병원은
모두 다 목포병원이지
광주병원,
순천병원 아닌

중앙병원, 기독병원, 연세병원,
세한병원, 한국병원, 전남병원
그 밖에 모든 병원들이
다 목포병원이지

대불산단

대역사를 펼친다는 말은
그대를 두고
하는 말인 게 분명하지

역사를 다시 쓴다는 말도
그대를 두고
하는 말인 게 분명하다고

그대가 한번 출렁이면
그 여파가
목포의 발등을 적시는 것을

목포의 눈물도 웃음도
다 그대가 가져오고
다 그대가 가져가지

오대양을 누비고 다니며
육대주를 살린 배들을

그대가 낳은 것을

대역사를 펼친 이도
역사를 다시 쓴 이도
그대인 게 분명하지

현대삼호중공업

문사철로는 도저히 승부를 낼 수 없기에
늦은 나이에라도
이용후생의 길을 걸어볼까 생각 중일 때
어디선가 힘찬 맥박 소리가 들려왔지
그 소리를 따라가니
컨테이너선, 벌크선, 유조선을 잉태한
현대삼호중공업이 몸뚱이를 내밀었지
근육질의 골리앗 크레인까지 거느린
포부가 큰 현대삼호중공업이
한순간에 나의 눈길을 끌었지
삼지창으로 무장한 바다의 신,
포세이돈에게 맞설 선박들 낳으려
바싹 긴장하는 다른 업체들과 달리
포세이돈을 맞이할 기대감에 벅차 있었지
이용후생의 길을 걸어보겠다는
내 생각을 읽고서는
우물을 파되 한 우물을 파라고
내게 충고의 눈빛을 보냈지

삶이라는 짐을 싣고
항해한 지 오십 년이 넘었는데
아직도 정박지를 찾지 못한
나의 어깨를 또닥여 주었지
문사철로는 도저히 승부를 낼 수 없기에
늦은 나이에라도
이용후생의 길을 걸어볼까 생각 중에 만난
포부가 큰 현대삼호중공업이
나를 초심으로 돌아가게 했지

* 문사철 : 문학, 역사, 철학의 줄임말로 인문학을 가리킨다.

해원산업

나사 하나가 얼마나 중요한가는
두말할 필요가 없는 것을
기차고, 비행기고, 크루즈고
나사에 신세지지 않은 것이
하나도 없으니
사람도 나사가 빠지면
제구실 못하는 것을
나사가 하는 일도 이리 중요한데
선박의 몸체는
또 얼마나 중요한지
나사가 하는 일이
더할 나위 없이 중요하다 해도
얼마든지 만들어 낼 수 있고
얼마든지 여분을 둘 수 있지만
선박의 몸체는
얼마든지 만들어 낼 수 없고
얼마든지 여분을 둘 수 없으니
나사는 비교가 안 되는 것을

더불어 대불자유무역협의회,

막중한 짐 떠맡아

오대양 육대주와 인연이

안 닿는 곳이 없으니

이보다 더 보람찬 일이,

이보다 더 신나는 일이

* 해원산업 : 강진 대구 출신으로 한국해양대학교를 졸업한 황택기가 창
  립한 회사이다. 영암 삼호읍 나불도에 소재하고 있다. 황택기 대표 이사
  는 지식경제부 대불자유무역협의회 회장을 맡고 있다.

대기산업

사람 몸의 배설물은
한때 미화사가 도맡았으나
요즘은 정화조가 도맡아 처리하는데
문명의 배설물은
누가 처리하나 궁금했지

문명의 배설물을
자연 상태로 재생시키는
하수처리장, 정수장, 축산 및 분뇨처리장,
폐수처리장의 주역이
그대라니

협잡물제거기, 탈취기,
슬러지 감량화 설비,
여과기, 슬러지 수집기,
비금속 슬러지 수집기
이름도 희귀한 것들을 다 낳다니

굳은일 도맡아 하는 기계들을
다 낳으면서도
현대삼호중공업이 바다에 출가시키는
선박의 일조는 물론
춤추는 바다분수까지 낳다니

학교에서 굳은일 도맡아 하면
모범상 아니면 선행상 받는데
세상의 굳은일 도맡아 하는
기계를 만드는 이 회사는
무슨 상을 받았나

* 대기산업 : 전남 목포 출신 김종남이 창립한 회사이다. 전남 무안군 일
　로읍에 소재하고 있다. 이 회사는 조선해양사업부, 환경플랜트사업부,
　강구조사업부로 이루어져 있다.

신진해운

가거도나 흑산도, 홍도 뛰는
바다의 시외버스 말고
목포 앞바다 섬들은
누가 뛰는가 궁금했지

바다의 군내버스,
바다의 시내버스가
누구인가 알고 싶었는데
신진해운이어야

이십 년도 더 저 너머
선상시낭송회 열어주고
고하도, 달리도, 율도, 외달도
내게 인사 소개시켰지

외달도 선착장에서
안정환 시인과 나에게
추억의 사진 한 장 안겨준 이가

신진해운이었어

나중에
신진해운을 시단에서 만났는데
착한 자 붙이고도 남을
해운이지

목포에서 착한해운 하면
신진해운이라고 내가 내뱉어도
등 돌릴 사람 없겠지,
단 한 사람도

* 신진해운 : 황해도 옹진 출신 시인인 김상근이 운영하는 해운회사이다.

신안인스빌 이름풀이

신안인스빌에 둥지 튼 사람이나 알지
신안인스빌에 둥지 틀지 않은 사람은
신안인스빌이
뭔 말인지 모르지

신안인스빌에 둥지 튼 사람도
가방끈이 긴
생각이 있는 사람이나 알지
생각이 없는 사람은 모르지

신안인스빌의
인은 인바이런먼트, 환경
스는 스페이스, 공간
빌은 빌라, 휴양주택이지

어떻게 알았냐고
그것 간단하지
신안인스빌, 홈페이지에

브랜드 의미 나와 있는 걸

이젠 생각이 없어도,
가방끈 짧아도
이 시 읽은 사람은 다 알지
신안인스빌이 뭔 뜻인지

근데 신안은 왜 붙였냐고
나는 다 아는 줄 알았지
신안인스빌 낳은
신안종합건설 회장이 신안 사람이여

신안건설에 관한 명상

앞에다
'살기 좋은'을 붙인 신안건설은
천사의 섬, 신안을
살기 좋게 만들자는 뜻이지

앞에다
아무것도 안 붙인 신안건설은
건설회사
신안건설이 되지

신안건설의 신안은
설립자가
신안출신이라는 뜻이지,
한번 확인해 봐야겠지만

신안주택,
신안아파트,
신안비치아파트,

신안팰리스

유달산하에
둥지를 튼 신안을 생각하면
신안건설은 나무 심듯
신안을 심고 다니는 거지

언어는 자의적인데
신안건설이라는 기표가
'신안건설에 관한 명상'이라는
시를 나에게 선물하다니

근화베아체 작명기

이름이
운명을 결정할 수도 있기에
좋은 이름 얻는 데
쌀가마도 안 아끼지

사랑보다 중요한 게 성스러워지는 거라는
좁은 문의 '아리사'의 이름을 빌려
'근화아리사'
근엄하지

베르테르를 절망에 빠뜨린
'베르테르의 슬픔'의 샤롯데의 이름을 빌려
'근화샤롯데'
근사하지

단테가 앞서간 연인에게 바친
'신곡'의 베아트리아의 애칭을 빌려
'근화베아체'

포근하지

우리를 껴안아 줄 집은
근엄한 것보다
근사한 것이 좋고
근사한 것보다 포근한 것이 좋지

이보다 좋을 수가 없는
이름 구하느라
쌀가마나 들었겠다, 했더니
땡전 한 푼 안 들었어야

에세이스트인
근화 회장이 직접 지었대
집 짓듯이, 머리로
뚝딱뚝딱

초원건설에 관한 고찰

초원건설 하면
초원에다 문명을 건설하자는 뜻인지
문명에다
초원을 건설하자는 뜻인지

아니면
친환경을 먼저 생각하자는
뜻인지

초원은 풀밭인데
풀밭 하면
풀을 찾아 아프리카를 순례하는
누 떼가 떠오르는데
알고 보면 풀이 아프리카를 지배하는데

풀 하면
먼저 눕고 먼저 일어나는
김수영의 풀이 나를 반성케 하고

나는 풀이다, 일을 하련다의
칼 샌드버그의 풀이 나를 감동시키는데

초원건설은
풀밭건설인데
풀밭은 국방색인데
우리나라를 지키는
푸른 제복을 입은 건설회사가
초원건설인가

영란회집

목포에서 민어회 하면
영란회집,
이유가 뭐지

춘란,
풍란,
한란,
새우란,
군자란,
양란

이름도 다 못 세게
난은 많건만
왜, 영란회집이지

걸어다니는 난이 이유라면
혜란도,
경란도,

정란도 있는데

영란이
가장 향기가 진하고,
오래가기 때문이나

* 영란회집 : 목포에서 민어회로 유명한 회집이다.

인동주마을

인동주마을의
꽃게장백반과 홍어삼합도 끝내주지만
들어갈 때와 나올 때에
생각의 키가 너무도 달라지지

인동주 막걸리, 인동주 평화주
메뉴판만 쳐다봐도
행동하는 양심인
우리들의 인동초, 후광이 생각나지

이 땅에서 독재가 사라지도록
이 땅에서 전쟁이 일어나지 않도록
민주화와 햇볕정책에
한 생을 다 쏟아붓고 쏟아부었지

인동주마을의
꽃게장백반과 홍어삼합도 죽여주지만
들어갈 때보다 나올 때에

생각의 키가 한 자는 더 자라 있지

* 인동주忍冬酒 : 인동주마을 음식점이 개발한 술 이름이다. '인동초忍冬
  草'라 자신을 표현하는 후광後廣 김대중金大中 대통령을 기리는 뜻도 들
  어 있다.

선경준치회집

썩어도 준치란 말이 뭔 말인지 몰라
네이버에게 물었더니
본래 좋고 훌륭한 것은 비록 상해도
그 본질에는 변함이 없음을
비유적으로 이르는 말이어야
그 준치로 만든 준치회무침이
선경준치회집의 단골메뉴이니
연중무휴, 썩어도 준치인 선경준치회집이
전국 방방곡곡에서 온 길들로 붐비지
준치회무침 먹고 돌아가는 길들도
수준이 몇 단계 높아지는 것을
썩어도 준치가 된 길들을
우습게보았다가는 큰코다칠 테니
누가 함부로 말 못하지
게다가 또 선경은 무엇이냐,
착할 선善에 공경할 경敬이라니
바닷가 경치 좋은 곳에 똬리 틀어
선경仙境인 줄 알았더니

그게 아니더라고
전국 방방곡곡 길들이 물어물어 찾아오면
착할 선善에 공경할 경敬으로 모시니
선경준치회집 입소문이 나지
연중무휴, 썩어도 준치인
선경준치회집에 들렀다 가는 길들은
썩어도 준치란 말 하나는
확실히 알고 가지

웰빙전복

전복집이 전복 팔아
돈 챙길 생각은 안 하고
무슨 놈의 시화詩畵가
이리 많이 열렸다냐

땅끝 양식장의 전복들이
웰빙전복 주인아줌마
시낭송 듣고 자란다는 소문이 있는데,
그게 사실인지

이 집 전복들은
즈그들끼리 달빛 시사회도 열고
시낭송도 하며
몸과 마음을 키우는가 봐

삼합은 김치에 돼지고기에 홍어인데
웰빙전복 삼합은 전복에 안주에
시를 얹어드는 건가,

잎새주 한 잔 곁들여

* 웰빙전복 : 하당 롯데마트 근처에 있는 전복 전문 음식점이다. 여주인이
  시인이자 시낭송가이다.

덕인주점에서 만난 밍크고래

덕과 인이 기본 안주인
덕인주점에서
접시에 누운 밍크고래를 만났지
언제 어디서 어떻게 생을 마쳤는지
도무지 알 수 없는
밍크고래, 그 밍크고래를
주저하는 젓가락으로 만나면서
내게 오기까지의
밍크고래의 행로를 생각했지
작살세례를 받으면서도 살아남은
조상들의 피를 이어받은
밍크고래, 문어통발을 기웃거리다가
밧줄에 얽혀 생을 마쳐
누군가의 로또로 당첨되었다는
때론 고래들이 집단으로
죽음을 앞당긴다는
기사를 접한 적이 있지
내 앞에 꽃무늬로 접시에 누워 있는

밍크고래는 언제 어디서
나와 무엇으로 헤어졌다가
다시 만난 것인가
접시에 드러누운 밍크고래가
홍어, 돼지고기 그리고 김치 사이에서
차분히 인장人葬을 기다리다니
덕과 인이 기본 안주인
덕인주점에서
인본주의자인 나의 젓가락이
나서길 주저하는 것은 당연한 거지

* 덕인주점 : 목포 오거리 근처에 있는 주점이다.

담양못난이찹쌀도넛츠

목화스튜디오와 어깨동무한
버스승강장을 거느린
도넛 가게, 좌판의 마분지에
숫자가 눈을 크게 뜨고 있다

– 5개 2000원
– 7개 3000원

재밌기도 하고
이상하기도 하고

전혀
재밌지도
이상하지도 않는 것을
나만 그렇게 생각하는 걸까

도대체
이 가게의

도넛 한 개의 가격은 얼마이지

나를 삼킨 3번 버스와 함께
터널을 지나
포미타운에 신고하고 나와
마리아회 고등학교와 눈을 맞추고야
유레카다

베이커스 더즌처럼
덤이 있는 것을
덤을 빼고
계산해야 하는 것을

한 개에
오백 원인 것을

* 도넛츠 : 표준어는 도넛이다.
* 유레카 : 이제 알았다. (I've found it.)
* 베이커스 더즌(baker's dozen) : 13을 가리킨다.

시온서점

한때
빛나는 보석이던
성문종합영어,
수학정석,
프라임영어사전,
시사영어사전,
에센스영어사전,
동아전과,
표준전과가 기가 죽어 있다

주변의 헌책방들이
시대의 격랑에
다 뿌리 뽑혔어도
주님의 은혜로 살아남은
시온서점

책 먼지,
책 벌레와 싸우며

시온서점을 수성한 노부부는
펼쳐보기 힘든 누더기 책이 되었다

바람에 덜컹거리는 문짝처럼
빈곤한 자들을,
발걸음이 잦은 나를
반가이 맞이하던
꿈의 성전인
시온서점

이제
나를 알아보지 못하는
눈멀고 귀먹은 시온서점,
눈시울이 뜨거운 책 한 권
사 들고 나온다

* 시온서점 : 산정초등학교 근처에 있던 헌책방으로 지금은 사라지고 없다.

한솔서점에서

― 피에타

해와 달,
별빛이 머무르다 가는
한 그루 소나무에 솔잎이 무성하듯
책들이 무성하다

누가 잘 거들떠보지 않는
시집 코너에
한숨 쉬는 시집들이
눈물을 곧 쏟아낼 것 같다

아주머니 한 분이
『별들을 호린다고 저 달을 참수하면』이란
시집을 빼어들더니
자리에 앉아 한 장 한 장 넘긴다

지금, 그녀의 무릎에 얹힌 시집은
사람의 아들이
고향에서 대접받지 못한다던

예수다

문화당 서점

1942년생, 와이엠시에이 건너편에서
유년과 청년 시절을 보냈고

창평동 우체국 근처에서
불혹과 이순을 보냈지

2호 광장에서
회갑을 맞고

하당 성당 근처에서
고희를 맞았지

금년엔
다인들을 벗 삼아

하당 파출소 근처에서
팔순을 맞았지

책을 사기만 하고 팔지 않고
시만 쓰다니

---

* 문화당 서점 : '문화당 서점' 대표였던 박준상 시인은 부모에게 물려받아
운영하여 온 문화당 서점을 2002년에 문을 닫았다. 그러나 '문화당 서
점' 이라는 서점 이름은 영구히 보존하고 있다.

구두병원

옛 서남방송 건너
구두병원이 꾸벅꾸벅 졸고 있다
한때 병든 모든 신들의
입원실이자 신전이었던
구두병원은 외과 전문의다
요즈음은 신들의 건강 상태가 양호하여
구두병원에 의지하는 신들이 별로 없다
지금 하품을 하고 있는 구두병원은
한때 우리들의 발길이 원하는 대로
모든 것을 다 들어주다가
옆구리가 터진 신을
굽이 닳아 통풍을 앓는 신을
상처가 보이지 않게 치료해 주었다
신들을 기다리다 지친 구두병원은
폐업의 위기에 처해 있다
옛날과 달리 고급스런 신들은
자신들이 태어난 곳에서 치료받는다
출생이 비천한 신들마저도

부득이한 경우를 제하고는
구두병원을 기피한다
병든 신들을 기다리는
구두병원이 가늘게 눈을 뜬다

눈 내리는 신안비치호텔

눈은 먼저 섬들을 지우더니
앞바다를 지워야
혼자서는 할 수 없는 일
한꺼번에 여럿이서
앞바다를 지우고 또 지워야
눈은 도대체 무슨 일로
섬들과 앞바다를 지우나
그것은 질투가 아니라
그리움, 그리움을 가르치려고
눈은 섬들과 앞바다를 지우지
목숨마저 버려가면서 눈은
서로 눈빛을 주고받는
섬들과 호텔 사이 끼어들지
시야에서 사라진 서로의 모습에
섬들도 호텔도 안절부절못하는 것을
해를 삼킨 바다의 어둠 속에서도
서로 눈빛을 주고받으며
잠 못 이루던 섬들과 호텔

눈은 그들 모두에게
그리움, 그리움을 가르치려고
섬들을 지우고
앞바다를 지우지

노인과 바다

열일곱 살 적
청계천 헌책방을 표류하다 만난
『노인과 바다』는
'인간은 패배하기 위하여
태어난 것이 아니다' 고 가르쳤다

젊은 날
내 언어의 그물망에 반짝이던
자유니 정의니, 사랑이니 추억이니
다 어디로 빠져 나갔는가

올망졸망 모인 섬들이 숨죽인
불혹의 바다에 내던진
내 언어의 그물망에
뜬금없는 탐욕과 질투만이 파닥이구나

산다화 꽃물 섬섬히 든
남쪽 끝 항구,

대반동 바닷가에 똬리 튼
『노인과 바다』는
이 밤 내게 무얼 가르칠까

* 노인과 바다 : 목포시 대반동 바닷가에 있는 카페 이름이다.

구례흑염소

일신아파트 건너편
버스 승강장 앞에 붙박인
구례흑염소가 되새김질을 하고 있다
위가 다섯, 방광이 하나인 구례흑염소는
빙어처럼 내장이 다 보인다
호박, 배, 사과 과일에서부터
가물치, 개고기에 이르기까지
못 먹는 것이 거의 없는
구례흑염소는 잡식성이다
어느 날은 약신 퍼먹고 부대끼다
아침이면 똥을 밖에 싸놓는다
몸 생각하느라 한약을
또 얼마나 처먹었는지
모락모락 김이 나는
똥에서는 단내가 난다
굶을 때는 여러 날을 굶지만
먹을 때는 약신 처먹는
조리자지인 구례흑염소의 오줌을

주인은 봉지에 담는다
구례흑염소의 오줌을 받기 위하여
주인은 구례흑염소를 구슬리고
온갖 가려운 데를 다 긁어준다
땡볕 아래 되새김질하고 있는
구례흑염소의 똥오줌은 다 달다

* 구례흑염소 : 일신아파트 앞에 있는 즙이나 고를 내는 가게 이름이다.

반디 아미르

'아프가니스탄' 하면
탈레반, 코란이 머리에 똬리 틀지

전화에 시달린 아프가니스탄,
내 가슴을 미어지게 하는 그 나라의
바미얀이라는 곳에
반디 아미르가 있지

해와 달,
별들의 거울인 호수를
왕의 보석, 반디 아미르라 부르지

해와 달, 별들이
자신들의 얼굴을 비춰보고
흐뭇해하며 돌아가는 곳

세상의 고통이란 고통은
다 짊어진 나라,

아프가니스탄

아프가니스탄의 상처를
왕의 보석,
반디 아미르가 치유해 주지

마음은 언제나
해와 달, 별들의 거울인
반디 아미르로 달려가
내 영혼을 비춰보지

* 반디 아미르 : 목포 시청 앞에 있는 카페이다.

금호장례식장

언제나 정장을 하고
언제나 가슴에 검은 리본을 달고
온갖 주검을 맞이한
그대는 진즉 생사를 초월하였지

빈부를 가리지 않고
이승의 마지막 잠자리를
정성스럽게 준비한 그대를
어떠한 주검도 잊지 못하지

산 자와 죽은 자가
서로 청산할 기회의 장인 그대는
경향 각지에서 달려온 길들에게
꽃싸움의 자리도 제공하지

유통기한을 넘긴 주검도
유통기한을 앞당긴 주검도
가는 곳이 한곳이라는 것을

남은 자들에게 눈빛으로 전하다니

제 손으로는 아무 일도 못하는
주검을 위하여
목욕재계에 금식으로 염하는 그대를
어떠한 죽음이 잊을 수 있나

언제나 진지하고
언제나 엄숙하게
온갖 주검을 떠나보낸
그대는 이미 생사를 초월하였지

제5부

째보선창(온금동 매립지)

부용산

박기동과,
안성현을 어버이로 둔
'부용산'은 어디에 있나

부용산은
장흥이나
벌교에만 있는 게
아니지

누이를 위하여, 제자를 위하여
진혼곡으로 태어난
부용산은 어디에 있나

'목포의 눈물'처럼
'부용산'은 민족의 노래이지,
빨치산의 노래가 아니어

부용산은

지금도 상처가 아물지 않은
우리 민족의 가슴에
있지

목포의 눈물

어느 해,
눈발이 장난이 아니던 날
목포 남경문화회관에서
영호남문학인대회가 있었다

지리산 팔팔고속도로를 넘어오던 차량이
몇 번이고 돌아갈까
망설였지만
결국은 도착했다

힘 파일 때마다
목포의 눈물
일절부터 삼절까지 부르면서
왔다

목포의 노래가 아닌
민족의 노래인
'목포의 눈물'을
그해 가장 힘 센 눈발도 당해내지 못했다

가슴 아프게

남진은
노래도 끝내주고
얼굴도 끝내주고
집안도 끝내주지

목포의 귀공자인
남진의 데뷔곡은
고등학교 졸업을 앞두고 취입한
'서울의 플레이보이' 지

엘비스 프레슬리가 부럽지 않은
남진은
'님의 침묵' 이 아니라
'님과 함께' 를 불렀지

신나게 부르는 '님과 함께' 보다
부둣가에 사는
나에게는

'가슴 아프게' 가 더 와 닿는 걸

당신과 나 사이에
저 바다가 없었다면의
'가슴 아프게' 가
나에게는 더 앞자리라고

영원한 국민오빠인
영원한 가수왕인
남진은
무엇이든 끝내주지

서편제

가장 한국적인 영화를
한 편 뽑으라 하면
손수건 없이는 못 보는 영화,
서편제이지

촬영기사 정일성과 콤비인
임권택이 메가폰을 잡은
서편제의 원작자는
당신들의 천국의 이청준이지

유봉역에 김명곤,
동호역에 김규철,
송화역에 오정해가
맡은 역을 잘 소화해 냈지

1992년 미스춘향 선발대회 진인
오정해는
영화 서편제로

가장 한국적인 배우로 발돋움했지

국악인이며
배우이며
방송인인 오정해는
전천후적 연예인이기도 하지

가장 한국적인 영화의 자리가
천년학으로 이어지는
서편제의 오정해를
나무나루, 목포가 낳았지

내가 지금까지 사설을 깐 것은
바로 이 때문이지
오정해를 목포가
낳았다니까

흑산홍어

‒ 암컷

우리의 이웃사촌인 가오리가 도토리라면
우리는 상수리가 아니라
왕밤이지

쪽팔리게
지금 우리가 어물전에 드러누워 있지만,
바다 밑을 나는 연이라고

우리가 남도의 상가에, 혼인잔치에
조문을 가거나 하객으로 참석해야만
빛이 나지

좆이 두 개인 수컷을 성전환시켜
비싼 값에 팔아넘기는
홍어매매단이 있다고 들었는데

나는 칠레산도 일본산도 아닌
홍어의 진골인 흑산도 아가씨라고,
남몰래 서러운

세발낙지

삼족오三足烏처럼
다리가 세 개가 아니라
세우細雨처럼 몸이 가늘어서
세발낙지지

'죽으면 죽으리라' 던
에스더처럼
내 동족을 구하기 위하여
목숨을 담보하고 왔지

비록 뼈대 없는 집안인
갯벌 출신이지만
다들 공부를 소홀히 하지
않지

나무젓가락에 칭칭 감겨,
초장에 찍혀
고추와 된장에 곁들여 먹히면

끝나는 삶이지만

우리가 살아남지 못하면
인간도 응분의 대가를 받는다는 걸
알고들 있는지,
그걸 깨우쳐 주려고 왔지

갈치

저놈의
장검을 허리에 차고 싶지만
칼집이 없으니

바다는
저놈의 장검을 가슴에 지니고도
몸이 베이지 않는데

아니 베일 정도가 아니라
사정없이 찔릴 건데,
금방 상처가 아물어버리는 것 같지

베일 폭 잡고
저놈의 장검을 허리에 찰
용기는 있는데

저놈의
장검을 찬다하더라도
내 덩치가 작아 끌고 다녀야 하니

유고

– 부주산 화장장

하늘을 화선지 삼고
굴뚝을 붓 삼은
장모님이 제 몸을 먹물 삼아
유고를 남기시는데

진하디진한 먹물이
희미해질 때까지
타고난 성질대로
유고를 남기시는데

아무리
올려다봐도
무슨 말인지 통 알 수가 없어

그대로
베낄까 하는데,
그것도 여의찮고

조금새끼

다순구미 언덕빼기
달빛이 낳은
아이들은 다 어디 갔나

귀빠진 날과
눈감은 날,
애비의 눈감은 날이 다 같은 놈이 있겠지

귀빠진 날과
눈감은 날은 달라도
애비의 눈감은 날이 같은 놈도 있겠지

귀빠진 날과
눈감은 날은 같아도
애비의 눈감은 날이 다른 놈도 있겠지

귀빠진 날과
눈감은 날,

애비의 눈감은 날이 다 다른 놈이 있겠지

다순구미 언덕빼기
햇살이 키운
아이들은 다 어디 갔나

목포 물청거리 물장수 옥단이

목포가 낳은 희곡작가 차범석이
맨 마지막으로 무대에 올린
물청거리 물장수 '옥단이'를
지금 사람들은 잘 모르지

물 길어다 주고 밥 얻어먹는
만인의 호구인 어벙한 옥단이,
어른, 아이 누구라 할 것 없이
옥단아, 옥단아 불렀다지

궁둥이춤을
멋대로 추는 하모니카로
사람들을 박장대소하게 하던 옥단이,
죽어 가마니에 담겼다지

산역을 할 사람들이
시체가 든 가마니를 길가에 놔두고
잠시 주막에 간 사이

누군가가 가마니를 업어갔대

가마니를 열어본 누군가가 기절초풍했겠지,
도적으로 몰린 그 사람이
산일하는 것 다 뒤집어썼다는데
그 말을 믿어야 할지, 말아야 할지

쥐약장수

– 쥐약 사시오
– 쥐약 사
– 살라문 사고
– 말라문 마시오
– 안 샀다가
– 누가 손해인가 봅시다

이 소리의
원조가 누구인가 했더니
목포이구만

– 쥐약 사시오
– 쥐약 사
– 살라문 사고
– 말라문 마시오
– 안 샀다가
– 누가 손해인가 봅시다

이 소리가
호남선 열차에 무임승차하여
전국으로 퍼졌구만

멜라콩다리

멜라콩다리의
사연을 모르던 시절

멜라콩,
멜라콩 하면

정글에 숨어
총을 겨누는
베트콩이 떠올랐지요

멜라콩다리,
멜라콩다리 하면

휘파람이 섞인
군악과 함께
콰이강다리가 떠오르기도 했지요

멜라콩다리의

사연을 아는 지금

멜라콩다리,
멜라콩다리 하니

내 마음의 하천에
사라지지 않는
무지개다리 하나 놓여 지내요

* 멜라콩 : 이국적인 이름인 '멜라콩다리'의 주인공 박길수 씨는 목포역 소
화물 취급소에 근무하였다. 선천성 소아마비라는 장애자의 삶을 살면서
도 불우한 이웃들을 돌보았다 한다. 60년대 초 목포역 근처가 하천이어
하천 건너편 사람들은 먼 길을 돌아서 다녀야 했다. 시청의 도움을 받아
다리를 놓으려했지만 거절당하자 자신의 사재와 모금을 통하여 다리를
건설하였다. 멜라콩은 박길수 씨의 별명인데 중국영화에서 일본 무사를
따라다니던 부하의 이름이다. 박길수 씨의 행동이 그와 닮았다 하여 붙
여진 별명이다. 지금은 복개되어 멜라콩다리는 사라지고, 목포역 소화물
장으로 가는 담장 밑에 '멜라콩다리'를 기념하는 조그만 비석이 묻혀 있
다. 상락동 건어물 시장 일로상회가 멜라콩다리 자리이다.

평화극장 외팔이와 싸구려 쌍

차범석의 팔순 기념 작품인
〈옥단어!〉의 작품해설 만나다가
목포의 사대 명물을
알게 됐지

역전의 멜라콩,
평화극장 외팔이,
대성동 쥐약장수
그리고 옥단이

세 사람은
이미 풀어먹었는데
못 풀어먹은 인물이
평화극장 외팔이이지

위아래 흰옷 입은
정의의 사나이 외팔이가
60년대 공영화를 즐기려던

건달들의 기를 꺾었나

싸구려 쌍, 싸구려 쌍 외치며
전당포 물건 팔러 다니던
이동식 상점인
턱이 부실한 어른도 있었다지

물건 값을 깎으려 하면
택도 없는 소리 마라던
턱이 시원찮은 이 분의 말에
다들 깔깔댔다지

사대명물 중에
싸구려 쌍은 못 끼고
평화극장 외팔이
기도는 끼었지

차범석의 팔순 기념 작품인

〈옥단어!〉의 작품해설 안 만났으면
평화극장 외팔이와 싸구려 쌍
모르고 넘어갈 뻔 했지

* 이 분들은 몸은 불편했지만 인간미가 고와 목포 사람들에게 지금도 기
  억되고 있다.

이미지 연습

1. 아산
생텍쥐페리가 잠자리처럼
분명 이곳 상공을 선회하다
영감을 얻었을 것이다

코끼리를 삼킨 채
똬리 틀고 있는
능구렁이 아산을 봐!

왼편에
상아로 인한
흔적이 눈에 뜨이지

2. KBS SPORTS HALL
영화에서도 보지 못했던
저 거대한 공룡은
티라노사우루스인가
브론토사우루스인가

쥐라기의 하늘 아닌
자본의 하늘 아래
웅크리고 앉아 있는 저 공룡은

* 아산牙山 : 갓바위 앞바다 건너 영암에 있는 마름모꼴의 산이다.

공간의 역사와 시간의 흔적

황정산(문학평론가, 대전대 교수)

　존재는 시간과 공간 안에서 정체성을 갖는다. 또한 시간은 공간에 의해 규정되고 공간은 다시 시간에 의해 의미를 갖는다. 몽고 초원에 사는 유목민들에게 다시 만나자는 약속의 인사는 없다고 한다. 끝없이 펼쳐지는 초원에서 만나야 할 장소를 특정할 수 없기 때문이다. 공간의 기억이 없다면 미래의 약속도 없다. 과거도 마찬가지이다. 공간이 없는 기억은 존재하지 않고 기억이 없다면 어떤 공간도 한 존재에게 의미를 가지지 못한다. 우리는 모두 시간과 공간의 한 좌표 위에 서 있고 거기에서 비로소 존재의 정체성을 부여 받는다.

하지만 최근에는 공간 없는 시간들이 만들어지고 있고 장소 없는 기억들이 생겨나고 있다. 바로 사이버 공간에서이다. 사이버 공간도 공간이고 또한 시간의 제약을 완전히 벗어날 수는 없겠지만 사이버 안에서의 시간과 공간은 우리가 현실에서 경험하는 시간과 공간은 결코 아니다. 그것은 재현된 시간이고 재현된 공간이다. 이 재현된 시간과 공간은 서로 간의 긴밀한 관련을 끊고 분리된 채 존재하고 그 안의 주체 역시 시간과 공간의 존재로 규정되지 않는다. 공간을 가지지 못한 시간이 존재하고 시간 없는 공간만이 켜켜이 떠다니는 것도 바로 사이버의 특징이기도 하다.

사이버 안에서는 공간은 역사를 가지지 못하고 시간은 흔적을 남기지 않는다. 때문에 그 안에서 활동하는 존재 역시 기억과 흔적을 지우고 무한한 시공의 팽창을 감행하다 결국 무로 환원되고 만다. 요즘 많은 사람들이 이야기하는 주체의 소멸이나 자아정체성의 혼란도 사이버가 지배하는 이런 문화적 환경과 큰 관련이 있을 것이 분명하다.

김재석의 이번 시집은 사이버가 지배하는 이런 현실에 대한 명백한 저항이다. 이 시집은 목포라는 한 도시에 존재하는 모든 장소들을 찾아가고 있다. 시인은 그 장소를 통해 목포를 재구성하고 목포에 정체성을 부여한다. 그런데 그 장소들은 모두 철저하게 시간을 통해 바라본 공간이고 거기에는 시간이 아로새긴 흔적들이 고스란히 남아 있다. 장소는 한 존재에게는 기억으로 남아 있지만 그 기억이 시간을 만나면 거기에 사는 모든 사람들의 역사가 된다. 그런 점에서 이 시집은 목포의 정체성이고 또한 목포의 역사이기도 하다.

목포는 일제 식민지 수탈과 밀접한 관련을 맺는 곳이다. 목포는 일제가 우리나라에서 생산된 면화와 쌀을 일본으로 실어가기 위한 항구로 이용한 곳이다. 그래서 항구 주변으로 그와 관련된 시설과 일본인 거주지가 만들어지고 아직까지도 그중 몇몇이 아직도 잔존하고 있다. 이렇게 볼 때 목포는 일제 식민지배가 우리에게 남긴 아픈 상흔을 간직한 곳이다.

왕자제지 목포공장, 저놈의 굴뚝이
조선 하늘을 능욕한 것을
태평양전쟁이 깊어지면서
놋쇠 밥그릇, 수저까지 공출한 일제가
제지회사 간판 걸어놓고
군수물자 만들어 내려는 위장 회사였지

유달 경기장에 바닷물처럼 드나드는

누구나에게 반드시 가르쳐야지

이 자리에 뻔뻔스럽게 서 있던

조선 하늘 능욕한 굴뚝들에 대하여

가르쳐야 한다고,

힘없으면

하늘도 빼앗긴다는 것을

— 「사진으로 만난 왕자회사 굴뚝」

　지금은 헐리고 그 자리에 경기장이 건설되어 있지만 시인과 그리고 나의 어린 시절만 하더라도 공장 굴뚝이 남아 있었고 그곳에서 뛰놀던 기억이 아직도 선명하다. 그때만 하더라도 그 공장터 앞까지 바닷물이 들어왔고 폐허가 된 공장의 벽돌들과 그 사이에 아무렇게 자라나는 잡초들 거기에 퇴색되어 있지만 그때까지도 위용을 자랑하는 높은 굴뚝이 묘한 대조를 이루면서 아름다운 풍경을 만들고 있어 화가를 꿈꾸는 어린 학생들이 캔버스나 스케치북을 들고 많이 찾던 곳이다.

　하지만 이 왕자회사가 이렇게 낭만적인 곳만은 아니다. 김재석 시인은 그곳이 일제강점기 태평양전쟁을 준비하기 위한 수탈과 착취의 공간임을 결코 잊지 않는

다. 왕자회사는 제지공장으로 알려졌지만 종이를 만들
기보다는 포탄이나 총탄의 장약 원료인 니트로셀룰로
오스를 만들기 위한 공장으로 건설되다가 전쟁에서 패
해 결국 완성되지 못하고 폐허로 남아 있게 됐다고 전
해지는 곳이다. 그런 것을 알고 있는 시인은 그 공장의
굴뚝에서 "조선 하늘 능욕한" 일제의 만행을 보고 있다.
　하지만 시인은 목포에 새겨진 흔적들에서 민족의 슬
픈 오욕의 역사만 보는 것이 아니라 그 역사 속에서 사
라지지 않는 정신적 가치를 강조하고 있다. 다음의 작
품이 이를 잘 보여준다.

　　　우리가 민족, 민족 하는 데
　　　고삐 매인 일제강점기에
　　　민족 자본의 산실인
　　　호남은행 목포지점을 기억하는지

　　　일본계 은행인
　　　조선은행, 주식회사 십팔은행
　　　주식회사 식산은행이 종횡무진할 때
　　　호남은행 목포지점이 태어났지

돌에 음각된

주식회사 호남은행 목포지점이란 상호의

浦자 우측 상단 ` 1획이 누락된

사연이 눈물겨워

일제로부터 우리가 독립하면 찍겠다,

목포지점이 자리 잡고 번창하면 찍겠다

지금도 그 자리가 비워 있는데

언제 누가 찍을라나

– 「구 호남은행 목포지점」 전문

　시에서도 서술되어 있듯이 호남은행은 일제강점기 때 일본자본이 만든 식산은행에 맞서기 위해 현준호가 순수민족자본으로 설립한 은행이다. 현재는 목포문화원으로 쓰이고 있다고 한다. 그런데 이 은행을 지으면서 일제로부터 독립하기 전까지 완전한 은행이 아니라고 생각하여 점 하나를 찍지 않았다는 이야기가 전해진다. 이렇듯 이 은행은 일제에 저항하려는 민족정신의 상징이다. 하지만 이러한 민족정신이 아직도 이루어지고 있지 못함을 시인은 한탄하고 있다.

　목포가 목포인 이유는 이렇듯 바로 거기에 새겨진 기

억들에 의해서이고 그 기억들을 소중히 여기는 사람들
이 아직은 남아 있기 때문이다. 바로 김재석 시인은 그
기억들에 들어 있는 소중한 정신을 되살려 역사가 요구
하는 목포의 모습을 회복하고 간직하기 위해 바로 이
시집을 힘들어 완성했을 것이다. 그런 점에서 이 시집
은 단순한 목포의 기록이 아니라 '목포'로 대변되는 어
떤 정신에 바쳐진 헌정사라 할 수 있다.

목포의 정신은 한마디로 근대적 민족주의이다. 부여
나 경주가 전통적 민족 문화의 보고라고 한다면 목포는
근대 이후 일제 식민주의 지배 속에서 점철된 우리 역사
의 기록과 그 기록과 함께 하는 근대적 문화유산의 보고
라고 할 수 있다. 때문에 이들 문화유산 속에서 근대적
민족의식과 역사에 대한 각성이 깊이 새겨져 있다.

시인은 이러한 정신이 아직도 우리들 마음에서 사라
지지 않고 더욱 큰 민족혼으로 살아나기를 다음과 같이
노래하고 있다.

그날 이후 이따금 꿈길에서
유리관을 열고 호랑이 등에 올라타
백두대간을 따라 북으로, 북으로
백두산 지나 아무르강까지 다녀오지

토끼나 사슴 같은 순한 짐승들은

눈여겨보지 않고

힘이 센 멧돼지나 곰들을 만나면

날 저만치 내려놓고

보란 듯이 앞발로 탁 쳐 쓰러뜨리더라고

포식한 호랑이 등에 다시 올라타고

유리관에 돌아와

누구도 눈치 못 채게 들여보낸 뒤에

잠이 깨곤 했지

― 「유달 초등학교 한국 호랑이」 부분

이 시는 일제시대 영광 불갑산에 잡힌 마지막 한국 호랑이 이야기를 하고 있다. 일본 군인에게 잡힌 이 한국호랑이가 박제되어 목포 유달 초등학교에 전시되어 있다. 시인은 이 호랑이를 타고 백두대간을 따라 만주와 아무르강까지 올라가기를 꿈꾸고 있다. 그래서 "멧돼지"나 "곰"으로 표현된 악한 무리들을 쳐부수고 호랑이로 상징되는 민족정기를 다시금 되살리고 싶어 한다.

목포를 이루는 많은 공간들에서 결코 망각될 수 없는 중요한 정신적 가치는 다름 아닌 예술혼이다. 수많은 예술가들의 고향이고 그들이 꿈을 펼치기 위해 젊은 날

을 보냈던 곳이기도 한 목포에는 앞으로 어떤 시대가
오더라도 절대 사라지지 않는 예술적 정취가 곳곳에 배
어 있다.

   '빵만으로 살 수 없다' 는 말이
   촉 못 쓰는
   기막힌 세상이지

   정리해고니, 구조조정이니,
   비정규직이니 하는
   말들이 판치고부터야

   예술은 삶을 잃지 않고
   삶은 예술을 잃지 않는
   아트피아가 나의 소망이거늘

   삶이
   예술에게 등 돌리는 것은
   예술이 초심을 잃었기 때문이지

   '빵만으로 살 수 없다' 는 말이

주인 노릇 하는

세상이 언제나 올까

– 「목포문화예술회관」 전문

목포는 가난한 도시이다. 해방 이후 이승만 정권부터 군사독재 정권을 지나 지금에 이르기까지 이러저러한 이유들로 목포는 항상 정치적 피해자가 되어 경제개발로부터 소외되어 왔다. 그래서 번듯한 기업도 이렇다 할 경제적 기반도 갖추지 못한 채 반농반도의 궁핍한 소도시로 머물러 왔다. 하지만 그 궁핍함 속에서 다른 어떤 곳에게도 기죽지 않은 찬란한 꽃을 피웠으니 그것이 바로 목포의 예술혼이다. 목포가 아름다운 것은 경제적 가치인 '빵'이 아니라 예술 때문이라 말하면서 그것이 삶의 주인이 될 날을 시인은 꿈꾸고 있다.

반열에 오르는 것이 쉬운 일은 아니지

그중에 펜이 어두운 밤길을 걸어야 했으니

밥이 되지 않는 펜들이 함께 모여

먼 나라의 까뮈를 추모하고

애매모호한, 샤뮤엘 베케트의

『고도를 기다리며』까지 공연하였으니

훗날 문림을 제패할 걸쭉한

펜들이 나오지 않을 수 없었지

그에 앞서 호남평론, 갈매기, 전우, 시정신,

산문시대가 펜들의 잠을 설치게 했지

김우진, 김진섭, 박화성, 차범석, 김현,

김지하, 최하림을 반열에 오르게 한 당사자들이

바로 그들이 아니고 누구겠어

그들이 펜들의 탯줄이고, 젖줄이었지

그보다 더 앞서 목포사론협회木浦社論協會와

문학동인회 "Société Mai",

조선 프롤레타리아 예술동맹 목포지부가

펜들이 노래할 장을 마련해 주었지

-「문예역사관」 부분

　　목포 문예역사관에 남아 있는 목포출신 문인들의 발자취를 더듬고 있다. 척박한 땅에 예술혼을 심고 글의 힘을 과시한 이들의 활동은 바로 목포가 품고 있는 정신적 가치가 예술로 승화된 예가 아닌가 한다. 또한 이들 문인들뿐이 아니라 동양화의 대가 남농(「남농기념관」), 옥공예 인간문화재 장주원(「옥장 목포중요문형문화재 전수교육관」) 등도 목포가 낳은 걸출한 예술가들이다.

이상에서는 이 시집에서 목포에 새겨진 역사적 흔적과 그곳에 함께 새겨져 있는 정신적 가치를 설명했다. 하지만 정작 이 시집의 시들이 우리에게 정서적 울림을 주는 것은 따로 있다고 생각된다. 그것은 바로 사라져 가는 것들에 대한 안타까움이다. 목포가 경제개발에서 소외되고 낙후된 도시이긴 하지만 도시화와 산업화의 급변을 피할 수 있는 것은 아니다. 하당이라는 신도심이 개발되고 거대한 아파트촌이 형성되어 과거 목포의 모습을 찾기는 쉬운 일이 아니다.

김재석 시인은 이렇게 변화해가는 목포의 모습에서 점차 사라져갈 운명에 처한 것들에 무한한 애정을 보여주고 있다. 그것은 단지 시인과 이 시를 읽는 독자들이 가질 막연한 추억을 불러일으키는 것만이 아니라 변화를 만들어내고 강요하는 어떤 물질적 힘들에 대한 강력한 저항의 의미를 담고 있기도 하다.

휘파람이 섞인
군악과 함께
콰이강다리가 떠오르기도 했지요

멜라콩다리의
사연을 아는 지금

멜라콩다리,
멜라콩다리 하니

내 마음의 하천에
사라지지 않는
무지개다리 하나 놓여 지내요

– 「멜라콩」 다리 부분

멜라콩 다리는 대단한 건축물은 아니지만 목포에서
살았던 사람이면 다 아는 유명한 다리이다. 며칠에 한
번씩은 건너야할 만큼 일상적으로 만나야 하는 공간이
기도 하지만 무엇보다도 시인이 다음과 같이 주를 달아
놓은 것처럼 거기에는 특별한 사연이 있기 때문이다.

이국적인 이름인 '멜라콩다리'의 주인공 박길수 씨
는 목포역 소화물 취급소에 근무하였다. 선천성 소아마
비라는 장애자의 삶을 살면서도 불우한 이웃들을 돌보
았다 한다. 60년대 초 목포역 근처가 하천이어 하천 건

너편 사람들은 먼 길을 돌아서 다녀야 했다. 시청의 도
움을 받아 다리를 놓으려했지만 거절당하자 자신의 사
재와 모금을 통하여 다리를 건설하였다.

  하지만 이 다리는 이미 사라지고 없고 이 다리를 기
념하는 조그만 비석만 남아 있다고 한다. 이렇게 목포
라는 공간에서 살고 있는 사람들의 삶과 함께했던 장소
들은 시간을 따라 사라지고 있다. 그리고 자본의 힘이
만들어낸 개발신화가 이러한 변화를 더욱 가속화시키
고 있는 것이 현실이다. 시인은 바로 이런 것들에서도
결코 사라지지 않을 "무지개다리 하나"를 남겨두고 싶
어 한다.

바람에 덜컹거리는 문짝처럼
빈곤한 자들을,
발걸음이 잦은 나를
반가이 맞이하던
꿈의 성전인
시온서점

이제

나를 알아보지 못하는

눈멀고 귀먹은 시온서점,

눈시울이 뜨거운 책 한 권

사 들고 나온다

－「시온서점」 부분

　시온서점은 작은 헌책방이다. 하지만 사라지고 없다. 시인은 그 사라진 서점을 이 작품을 통해 다시 되살리고 있다. 그 책방에 남아 있을 자신의 추억들과 함께. 이 시집이 우리에게 주는 것도 바로 이와 다르지 않다. 장소가 사라지면 그와 함께했던 기억의 시간들도 곧 사라지고 말 운명에 처한다. 특히 지금의 변화를 주도하고 있는 자본의 힘은 막강하고 철저하여 자본이 필요로 하는 방향으로 모든 것들을 움직여 변화하거나 사라지게 만들고 있다. 추억이 서린 학교 앞 작은 가게는 사라지고 번듯한 쇼핑센터가 들어서고 맛깔스러운 음식맛을 자랑하던 작은 식당들은 문을 닫고 큰 회센터가 만들어 지고 있다. 시인은 바로 이러한 흐름에 역행하며 사라져가는 것들의 존재를 다시 한 번 우리의 뇌리에 남겨두고자 안타깝게 노력하고 있다.

누군가가 찾아오면
안부 전하려고 스스로 남은 것을
버림받은 줄 알았지

그리운 함평, 무안, 몽탄, 일로의
보퉁이에 얼굴 내밀며 오르내리던
푸성귀, 마늘, 고추를 너희들은 알지

버림받은 줄 알았더니
너희들이 남아 자리를 지키다니

― 「구 동목포역 강아지풀」 부분

　시인은 남아 있는 것의 대표주자로 사라진 동목포역 주변을 지키고 있는 강아지풀을 들고 있다. 강아지풀은 정말 하찮은 잡초이다. 아름답지도 쓸모 있지도 않아 항상 사람들에게 버림받은 이 강아지풀이 남아서 변화에서도 꿋꿋하게 살아남아 있다. 버림받은 것이 지키는 것이라는 이들이 증명하고 있다.
　목포, 이제 과거의 목포는 점차 사라지고 있다. 하지만 쓸모없는 강아지풀이, 또한 이 강아지풀과 똑같이 쓸모없는 언어인 바로 시가 이 목포를 지키고 있다. 김

재석 시인이 많은 노력을 기울여 이 시를 쓰고 이렇게
한 권의 시집으로 묶어낸 이유가 바로 여기에 있다.

김재석

1955년 전남 강진에서 태어나 1982년 전남대학교 영문과를 졸업하고 2002년 목포대학교 국문과 박사과정을 수료했다. 1990년 『세계의 문학』에 시로 등단했으며 2008년 유심신인문학상 시조부문(필명 김해인)에 당선했다. 시집으로 『까마귀』, 『샤롯데모텔에서 달과 자고 싶다』, 『기념사진』, 『헤밍웨이』, 『달에게 보내는 연서』, 『목포자연사박물관』, 『백련사 앞마당의 백일홍을』, 『강진』, 『조롱박꽃 핀 동문매반가』 번역서로 『즐거운 생태학 교실』, 시조집으로 『내 마음의 적소, 동암』, 『이화』, 『별들의 사원』, 『별들을 흐린다고 저 달을 참수하면』, 『고장난 뻐꾸기』, 『큰개불알풀』, 『다산』, 『만경루에 기대어』가 있다. 현재 목포 마리아회 고등학교에서 영어교사로서 삼십 년간의 교직 생활을 마치고 전업시인으로 활동하고 있다.

e-mail crow4u@hanmail.net

목포

초판1쇄 찍은 날 | 2012년 11월   7일
초판1쇄 펴낸 날 | 2012년 11월   13일

지은이 | 김재석
펴낸이 | 송광룡
펴낸곳 | 문학들
등록 | 2005년 8월 24일 제2005 1-2호
주소 | 501-190 광주광역시 동구 학동 81-29번지 2층
전화 | 062-651-6968
팩스 | 062-651-9690
전자우편 | munhakdle@hanmail.net

ⓒ 김재석 2012
ISBN 978-89-92680-65-3 03810